প্রণাম এই ব্রহ্মান্ডের সেই শক্তিকে যিনি আমার কাছে আমার আরাধ্যা "মা কালী "

আমার জীবনের কিছু মানুষ ,যাদের কথা উল্লেখ না করলে আমার এই পথচলা অসম্পূর্ণ -

সবার প্রথমে আমার 'মা-বাবা'---যাদের জীবন আমাকে লেখার অনুপ্রেরণা জুগিয়েছে । তারপরেই যার কথা মনে আসে সে আমার মেয়ে 'রাই' ---আমার সকল ইচ্ছাশক্তি ও জীবনীশক্তির উৎস। আমার স্বামী রাজর্ষি এবং শাশুড়ি মা --যারা সব সময় আমার এই প্রথম প্রচেষ্টা কে সমর্থন করেছে। আমার ভাই নির্মাল্য --আমাকে সব সময় লেখার জন্য উৎসাহ জুগিয়েছে। আমার বন্ধু দেবশ্রী এবং নন্দাই গৌতম দা ---যাদের জন্য আমার লেখাকে বই হিসাবে প্রকাশ করার আত্মবিশ্বাস পেয়েছি। সকলের প্রতি আমি কৃতজ্ঞ।

চক্রবৎ পরিবর্তন্তে -----

প্রিয় বিশু,

আশাকরি ভগবানের কৃপায় ভালোই আছ। আগামী ৫ঐ মাঘ তোমার একমাত্র মেয়ের বিয়ে ঠিক হয়েছে। পাত্র তার নিজের পছন্দের এবং সুপাত্রই বটে। আমাদের দুই বাড়ির অনুমতি ও মধ্যস্থতায় বিয়ে ঠিক হয়েছ। তোমার মেয়ের সম্প্রদান তোমার কর্তব্য। আশাকরি তুমি অনুষ্ঠানে উপস্থিত থেকে তোমার সকল কর্তব্যের পালন করবে।

ইতি

তোমার মা

আমার মেয়ের বিয়ে!সেই মেয়ে যার মুখ আমি কোনোদিন দেখিনি,শুধু মাসে মাসে টাকা পাঠানো ছাড়া যার প্রতি আমি কোনো কর্তব্য ও করিনি!তার বিয়েতে আমি যাবো?কর্তব্য করতে?না না----এতদিন ধরে যারা তাকে লালন পালন করেছে,সকল ঝড় ঝাপটা থেকে তাকে রক্ষা করেছে, পড়াশুনা শিখিয়ে তাকে মানুষ করে বিয়ের উপযুক্ত করেছে,কন্যাদান এর অধিকার তো তাদের। আমি তো আমার মেয়ের নামও জানিনা। তার থেকে বরং আমি মেয়ের বিয়ের সকল খরচ পাঠিয়ে দেব। মনে মনে এই ভাবতে ভাবতে বিশ্বনাথ চিঠিটা ভাঁজ করে পকেট এ ঢুকিয়ে রাখে। সে শহরের বড় ব্যবসায়ী, টাকা পয়সার কোনো

অভাব নেই। শুধু অভাব একজনেরই,যাকে সে কোনোদিন দেখতে পেলোনা,কিন্তু তার অস্তিত্ব, স্পর্শ, কণ্ঠস্বর সব যেন সে আজও অনুভব করে।

হয়তো তাকে একবার দেখতে না পাওয়ার যন্ত্রণার দায় বিশ্বনাথ সেই সদ্যোজাত শিশুকে দেয়।'কেমন মেয়ে! জন্মের সময়েই মা কে খেয়ে নিলো, মায়ের মুখও দেখলো না। ' ---লিলির মৃত্যুর পর এক আত্মীয়ার এই কথাটাই বিশ্বনাথের মনে গেঁথে যায়। তাই সে ও আর তার মেয়ের মুখ দেখেনা। কাজের শেষে বাড়ি ফিরতে ফিরতে বিশ্বনাথের ভিতরটা যেন তোলপাড় হয়ে যায়। লিলি নেই ২৭ বছর হয়ে গেলো!সেই ছোট্ট শিশু যার প্রতি রাগে,ক্ষোভে সে তার মুখও দেখেনি ,আজ সেই মেয়ের বিয়ের কথা শুনে ,সম্প্রদানের কথা শুনে কেন যে তার প্রতি একটা অদ্ভুত টান অনুভব করছে সে।

মায়ের চিঠি তো ২৭ বছরে বহুবার এসেছে। মেয়ের প্রতিটা শ্রেণীতে প্রথম হয়ে উত্তীর্ণ হওয়া,মাধ্যমিক ও উচ্চমাধ্যমিক এ প্রথম বিভাগে পাশ করা ,বি.এ ,এম. এ পাশ করে একটি সরকারি সংস্থায় চাকরি করা ---এই সব খবরই তো মায়ের কাছ থেকে সে পেয়েছে,কিন্তু তার মনে তো কখনো কোনো আবেগ উদ্ভূত হয়নি। আজ কেন তবে তার মধ্যে একটা মায়া ,কষ্ট এইগুলির আবির্ভাব হলো? বিশু কিছুই বুঝে উঠতে পারেনা কি

করবে সে। মনে হয় একবার বাড়ি যাই, কতদিন হলো বাবা -মা কেও তো দেখিনা;এখন তারা প্রৌঢ় হয়ে গেছে ,সারা জীবন আমার মেয়ের প্রতি সকল কর্তব্য তারাই তো পালন করেছে,আমি তো খোঁজ ও নেইনি ; এইবার অন্ততঃ একবার তাদের পাশে গিয়ে দাঁড়াই। লিলিও হয়তো তাতে খুশিই হবে।

    আবার মনে হয়,গিয়ে সে তার মেয়ের সামনে দাঁড়াবে কি করে?বাবা বলে ডাকার সুযোগ ও তো সে তার মেয়েকে দেয়নি।কি পরিচয় সে দেবে? মেয়ে যদি বলে কি পরিচয়ে আজ সে এসেছে তার কন্যা সম্প্রদান এর দায়িত্ব পালন করতে? এই দ্বন্দে বিশুর ভিতরটা তোলপাড় হয়ে ওঠে। সে কিংকর্তব্যবিমূঢ় হয়ে পরে। আশেপাশের কোনো কিছুতেই তার খেয়াল থাকেনা। "স্যার বাড়ি এসে গেছে"---ড্রাইভারের ডাকে সে সম্বিৎ ফিরে পায়। নারায়ানদা কত রান্না করে গেছে রাতে খাওয়ার জন্য ,কিন্তু সে তো আজ কোনো খিদেই অনুভব করছেনা। কেমন যেন আনমনা হয়ে বিশ্বনাথ ঘরে চলে গেল। হাত পা ধুয়ে , পোশাক পরিবর্তন করে বিছানায় শুয়ে পড়ল। কিন্তু কোথায় ঘুম?ঘুম তো আসছেনা!চোখ বুজে ঘুমানোর চেষ্টা করলেও শুধু পুরোনো ঘটনাগুলো একের পর এক তার চোখের সামনে ভেসে আসছে।ছোটবেলায় সেই গ্রামের মাঠে ঘুড়ি ওড়ানো ,বন্ধুদের সাথে ডাংগুলি খেলা ,ফুটবল খেলা, ঝগড়া ,মারপিঠ,তারপর বাড়ি ফিরলে বাবার উদাম পেটান -------

----

জীবনের গতিপথ

নাম বিশ্বনাথ চট্টোপাধ্যায়। জন্ম ১৯৬৭ সালের ১২ ই সেপ্টেম্বর। বাবা ধর্মপ্রাণ ব্রাহ্মণ কিন্তু পেশায় একটি সরকারি বিদ্যালয়ের শিক্ষক। দুই বড় দিদি,তারপর আমি। শুনেছি বাবা শিবের উপাসক ছিলে ন। শুধু শুনেছি বললে ভুল হবে,প্রতিদিন সকাল ও সন্ধ্যা আহ্নিক এর পর "শিবাষ্টকম ", "শিব তাণ্ডব স্তোত্র " ইত্যাদি আরও অনেক রকমের শিব ঠাকুরের স্তব করতেন। তখনকার দিনে ছেলেই ছিল বংশরক্ষা ও বাবা মা কে দেখার একমাত্র সম্বল। তাই দুই দিদির পর মা ও শুনেছি শিবরাত্রি ,নীলষষ্ঠী আদি ব্রত করতেন। তারপর আমার জন্ম। শিব ঠাকুরের কাছে মানত করে আমাকে পেয়েছিলো বলে আমার নাম রাখা হয় 'বিশ্বনাথ'। একটা কথা বলতে ভুলেই গেলাম,আমার জন্ম হয় বাংলাদেশের পাবনা জেলায়। দেশ বিভাজনের পরে , বাবার জ্যেঠুরা বাবাকে সঙ্গে নিয়ে

চলে আসতে চেয়েছিলেন পশ্চিমবঙ্গে । বাবা তখন ছোট ,বাংলাদেশেই পড়াশুনা করেন ,কিন্তু আমার বাবা তার পৈতৃক ভিটে ছেড়ে আসতে চাননি। পরবর্তীকালে বাংলাদেশেই পড়াশুনা সম্পন্ন করে একটি স্কুলে শিক্ষকতায় নিযুক্ত হন। ক্রমে বাংলাদেশেই বাবার বিবাহ ও তিন সন্তানের জন্ম হয়। বিভিন্ন বিক্ষিপ্ত সাম্প্রদায়িক লড়াই যে বাংলাদেশে হতনা তা নয় ,কিন্তু সেই ছোটোখাটো ঘটনাগুলি বাবাকে দেশ ছাড়ার মতো কোনো সিদ্ধান্ত নিতে বাধ্য করেনি।

বাবা,স্কুলের ছাত্রদের অতি প্রিয় শিক্ষকও ছিলেন। ছাত্রদের প্রতি ভালোবাসা টানটাও বোধকরি বাংলাদেশ ছেড়ে আসতে ওনার মনকে সায় দেয়নি। প্রতিবেশীরাও উভয় গোষ্ঠীর লোক,ছাত্ররাও উভয় সম্প্রদায়েরই লোক। উভয় সম্প্রদায় এর মধ্যেই বাবার বেড়ে ওঠা,ভবিষ্যৎ প্রজন্মকে শিক্ষা দেওয়া - কত বছরের কত স্মৃতি! তাই বাবার কখনোই পরিবার ও সন্তানদের নিরাপত্তার বিষয়ে দুশ্চিন্তা হয়নি। কিন্তু বাবার আরাধ্যের ইচ্ছা তো বাবাও জানতেননা না। আসতে আসতে বাংলাদেশে শুরু হলো বাংলা ভাষার জন্য আন্দোলন,সঙ্গে এলো পাকিস্তানি সৈন্যদের অত্যাচার ।

আমার তখন বোধকরি চার বছরও পূর্ণ হয়নি। বড়দি ও ছোড়দির বয়স যথাক্রমে নয় এবং ছয় বছর মতো হবে। বাবা গেছিলেন ঈশ্বরদীতে কাকুর বাড়িতে। পাবনার বাড়িতে মা ,আমি ও আমার দুই দিদি। হঠাৎ মা রাতের রান্না করতে করতে শোনে চারদিকে চিৎকার চ্যাঁচামেচি ।বাঁচাও বাঁচাও শব্দ। মা সবকিছু ফেলে দুই দিদির হাত ধরে ,আমাকে কোলে নিয়ে বাড়ি থেকে বেরিয়ে দৌড়োতে দৌড়োতে বাড়ির সামনের ধানক্ষেতে লুকিয়ে পড়ে। দুই দিদি তো ভয়ে আড়ষ্ট হয়ে যায় আর আমি নাকি তারস্বরে কাঁদতে থাকি। কিন্তু চারপাশের এতো চিৎকারের মধ্যে কার কান্নার আওয়াজ কোথা থেকে আসছে তা বোঝা যায়নি।

দূরে ধানক্ষেতের মধ্যে থেকে মা দেখে একদল লোক বাড়িতে ঢুকে কাউকে না পেয়ে জিনিসপত্র তছনছ করে বাড়িতে আগুন লাগিয়ে দেয়। মা ও দিদির চোখের সামনে সবকিছু পুড়ে ছারখার হয়ে যায়। মায়ের কাছে শুনেছি আমার দিদিরা ওই ঘটনার পরে বহুদিন পর্যন্ত ঘুমোতে পারেনি আর আমিও মাঝে মাঝেই ঘুমের মধ্যে কেঁদে উঠতাম।

যাই হোক ,পরের দিন খবর পেয়েই বাবা বাড়ি ফিরে এসেই সিদ্ধান্ত নেন " আর এই দেশে নয় "---দুই দিনের মধ্যেই বাবা সপরিবারে রওনা দিলেন ভারতের উদ্দেশ্যে। সম্বল পকেটের কয়েকটা টাকা ও মায়ের

কিছু সঞ্চয়। শুনেছি মা তার কিছু সোনা ও সংসার খরচ থেকে বাঁচানো কিছু টাকা সরিয়ে একটা কৌটো করে বাড়ির তুলসীমঞ্চের পাশে মাটির নিচে পুঁতে রেখেছিল। সেটাই ছিল আমাদের বড় সম্বল। সেই সম্বলে ভর করে মোটামুটি এক কাপড়েই স্ত্রী ও তিন সন্তানকে নিয়ে বাবা তার মাতৃভূমি ত্যাগ করলেন।

কি ভীষণ দুশ্চিন্তা ও বেদনা নিয়ে বাবা যে তার সর্বস্ব ত্যাগ করে পরিবার কে নিয়ে এক অনিশ্চিত ভবিষ্যতের দিকে রওনা দিয়েছিলেন তা এখন মনে করলে সত্যিই শিউরে উঠি। সে যেন এক অনিশ্চিত ভবিষ্যৎ থেকে বাঁচতে গিয়ে আরেক অনিশ্চিত ভবিষ্যতের উদ্দেশ্যে পাড়ি দেওয়া এক উজ্জ্বল ভবিষ্যতের আশায়।"আশায় মরে চাষা"---এই কথাটা বহুবার বাড়ির বড়দের কাছে শুনেছি ;কিন্তু আমার মনে হয় আশা হলো মানুষের জীবনের সঞ্চালন শক্তি,যার উপর ভর করে মানুষ অগ্র পশ্চাৎ বিবেচনা না করে এগিয়ে যেতে পারে।

মায়ের কাছে শুনেছি ,বাবার একফালি জমি ছিল খুলনা জেলার কুষ্টিয়া গ্রামে।এখন হয়তো সেটা আর গ্রাম নেই। সেই জমিটা বিক্রি করার মতো সময় বাবার হাতে ছিলোনা। বাবা আর তার স্কুলের বন্ধু বসির মিয়াঁ পাশাপাশি দুটো জমি কিনেছিলেন একসঙ্গে বাড়ি করে থাকবেন বলে। বসির চাচা তার বাড়িটা বানিয়েছিলেন কিন্তু বাবার তো আর বানানো হোলনা।

তাই বাবা ভাবলেন বসির চাচার উপর জমির দেখভালের দায়িত্ব দিয়ে আসবেন যাতে বাবার অনুপস্থিতিতে জমি হাতছাড়া না হয়ে যায়।কাজেই আমরা সড়ক পথেই পাবনা থেকে কুষ্টিয়া তে এলাম। বসির চাচার বাড়িতেই আমরা উঠেছিলাম। বসির চাচা অনেকবার বাবাকে দেশ না ছাড়ার অনুরোধ করেছিলেন কিন্তু বাবা তার চেনা নিজের দেশে নিজের পরিবারের সুরক্ষা দেখতে পারছিলেন না। বাবা ,বসির চাচার উপর জমি দেখভালের দায়িত্ব দিয়ে বেরিয়ে পড়েন বিদেশের পথে(ভারতের উদ্দেশ্য়)।

জন্মের সময় যেটা নিজের দেশ ছিল,রাজনীতির পরিহাসে সেটাই   আজ বিদেশ। নিজের দেশেই নিজেরা উদ্বাস্তু । মায়ের কাছে শুনেছি বসির চাচা বাবাদের বাড়ির সবাইকে খুব ভালোভাবে চিনতেন। অনেকবার বাবাদের বাড়িতে থেকেছেনও;তাই বাবা চলে আসার সময় খুব কেঁদেছিলেন। বাবার ও চোখ দিয়ে   জল   গড়িয়েছিল।তারপর   সড়কপথে বাংলাদেশের সীমানা অতিক্রম করে নদীয়া জেলার কৃষ্ণনগরে এসে আমরা সবাই উপস্থিত হই। সেই বর্ডার পার করাও এক সংঘর্ষ! এক পরিচিত নিরাপত্তারক্ষীর   সাহায্যে সবাই বর্ডার পার হয়েছিলাম। নয়তো যেটুকু সোনা ও টাকা সম্বল করে ভিটে-বাড়ি ত্যাগ করা হয়েছিল,সেইটুকুও বর্ডার এ জমা করে আসতে হত।

আমরা নতুন দেশে নতুন জায়গায় উপস্থিত হলাম। দেশভাগের সময় বাবার কাকা,পিসি,জ্যাঠারা অনেকেই এদেশে (ভারতবর্ষে) চলে এসেছিলেন। তাদের তৎপরতায় একটি বাড়ি ভাড়া পাওয়া যায়। মা বাবা আমাদের তিন ভাইবোনকে নিয়ে সেখানেই সংসার পাতেন। বাঙালিরা এক জাতি হলেও পূর্ববঙ্গ ও পশ্চিমবঙ্গের মানুষের মধ্যে ভাষা,খাওয়া-দাওয়া,আচার-অনুষ্ঠান ইত্যাদির একটা লক্ষ্যণীয় পার্থক্য ছিল। তাই পশ্চিমবঙ্গের আদি বাসিন্দাদের কাছে আমরা এবং অন্যান্য বাংলাদেশী উদ্বাস্তুরা হয়ে গেলাম 'বাঙাল' আর বাঙালদের কাছে তারা হয়ে গেলো 'ঘটি'। বাঙালদের প্রতি ঘটিদের একটা নাক-স্যাটকানো ভাব ছিল--যেন বাঙালরা নিম্নশ্রেণীর লোক;তাদের (ঘটিদের)মতো অভিজাত ও সংস্কৃতিবান নয়। অন্যদিকে বাঙালদের কাছে ঘটিরা অলস---"রান্নাও করতে জানেনা,খেতেও জানেনা"। এখন সময়ের সাথে সাথে বাঙাল -ঘটির দূরত্ব অনেকটাই কমে গেছে তবে যদি বাঙাল- ঘটি নিয়ে বিতর্ক হয় ,দুইপক্ষই তাদের ধারালো অস্ত্রের মতো কথামৃত নিয়ে তৈরী থাকে।

যাই হোক, আমরা আস্তে আস্তে পশ্চিমবঙ্গের জল, মাঠ ,ভাষা সবকিছুর সঙ্গেই নিজেরা মানিয়ে নিলাম। আমরা ভাইবোনেরা অনেক ছোট ছিলাম তাই

সবকিছু রপ্ত করতে আমাদের কোনো অসুবিধা হয়নি,আমার বাবা মায়ের হয়তো কিছুটা হয়েছিল। মায়ের গয়না বিক্রি করে বাবা একফালি জমি কিনে তাতে একটা মুদিখানার দোকান বানিয়ে ব্যবসা করতে থাকেন। পাশাপাশি সময় পেলে ছাত্র-ছাত্রী পড়াতেন বিনা বেতনে। আমার দুই দিদিকেও একটি সরকারি স্কুলে ভর্তি করা হয়। বাবা শিক্ষক হিসাবে খুব সুখ্যাতি পেয়েছিলেন এবং আমাদের ব্যবসাতেও আস্তে আস্তে লাভ হতে শুরু করল। ব্যাবসার টাকাতে দোকানটাও কিছুটা বড় হলো ,আমাদের একচিলতে বসত জমিও কেনা হল।

মায়ের কাছে শুনেছি জমিটা নীচু ছিল বলেই সস্তায় পাওয়া গেছিল। মা নিজে পাশের মাঠ থেকে কোদাল দিয়ে মাটি কেটে জমিতে ফেলেছিলো ভিটেটাকে উঁচু করতে। আমাদের টালির চালের বেড়ার ঘর তৈরী হলো ;দুটি ঘর আর একটি বারান্দা। বারান্দার এক কোণায় মাটির উনুন বানিয়ে রান্নার ব্যবস্থা হল। আমি তখন কিছুটা বড় হয়েছি,স্কুলে যাই। দিদিরাও অনেকটা বড় হয়ে গেছে আর আমার একটি ভাইও হয়েছে। বাবা ভোলানাথের প্রতি কৃতজ্ঞতাস্বরূপ ভাইয়ের নাম রাখা হলো 'সোমনাথ'।

আস্তে আস্তে বাবা মায়ের দেশ ছাড়ার দুঃখ অনেক শিথিল হয়ে যায়।বাবা তার ব্যবসা ও দাতব্য শিক্ষকতায় খুবই খুশি ছিলেন। সময় সত্যিই খুব

বলবান,মানুষকে অনেক কিছুই ভুলিয়ে দেয়। এইভাবে কয়েক বছর কেটে যায়। বড়দি স্নাতক হয়ে যায়;পড়াশুনা ও বাড়ির কাজ দুটোতেই খুব ভালো ছিল সে। একদিন এক প্রতিবেশির মারফত বড়দির বিয়ের সম্বন্ধ আসে,ছেলে সরকারি চাকুরে। মেয়ে বড় হয়েছে,কাজেই বাবা মা ও বিয়েতে রাজি হয়ে যায়। ততদিনে আমাদের কাঁচা বাড়িও পাকা হয়েছে,আমি ম্যাট্রিক পাস করে একাদশ শ্রেণীতে ভর্তি হয়েছি,ইচ্ছা ভবিষ্যতে ইন্ডিয়ান আর্মিতে যোগ দেওয়ার। বাংলাদেশ থেকে এসেছি প্রায় ১৩ বছর হয়ে গেছে,ততদিনে ওখানকার রাজনীতি ও পরিবেশও কিছুটা স্থিতিশীল হয়েছে। বাবা ভাবলেন বসির চাচার কাছে গিয়ে এবার কুষ্টিয়ার জমিটা বিক্রি করে আসবেন। সেই দেশ ছাড়ার পর বসির চাচার সঙ্গে আর যোগাযোগও হয়নি--'রথ দেখা আর কলা বেচা দুই-ই হবে'। জমিটা বিক্রি হলে দিদির বিয়ের খরচের কিছুটা সংকুলান হবে।এই মনে করে বাবা বাংলাদেশের উদ্দেশ্যে রওনা দিলেন।

বসির চাচার বাড়িতে গিয়ে যখন বাবা পৌঁছলেন,বসির চাচা তো বাবাকে ভূত দেখার মতো দেখছেন---১৩ বছর পর শৈশব এর বন্ধু কে পেয়ে তিনি আনন্দ থেকে অবাক বেশি হলেন । যাই হোক ,কাকিমা(বসির চাচার স্ত্রী)বাবাকে ঘরে এনে বসিয়ে প্রাথমিক অতিথি আপ্যায়ানটুকু সারলেন। বসির চাচাও কিছুটা ধাতস্থ হয়ে বাবাকে জড়িয়ে ধরে কেঁদে ফেললেন।

ছোটবেলার অনেক স্মৃতিচারণার পর বাবা তার বাংলাদেশে আগমনের হেতু জানালেন। চাচা বললেন,পুনু (আমার বাবাকে চাচা এই নামেই ডাকতেন,বাবার নাম পুরান চট্টোপাধ্যায়। এতো কথার মধ্যে বাবার নামটাও জানানো হয়নি) আমি তোকে জীবিত দেখে প্রথমে হতবাক হয়ে গিয়েছিলাম।তোর ভাইপো বছর দুয়েক আগে আমার কাছে এসে বললো,'কাকু মারা গেছেন' এবং দিদি ও ভাইরাও কোনোদিন বাংলাদেশে আসবেনা। তার কিছু টাকার দরকার,তাই তোর জমিটা সে বিক্রি করতে চায়। কেন জানিনা তোর জমিটা আমার কাছছাড়া করতে করতে ইচ্ছা করছিলোনা;তাই আমিই জমিটা ওর কাছ থেকে কিনে নিই।আমার কাছে জমির ক্রয়ের সকল কাগজপত্র আছে,তোকে দেখাচ্ছি ।

বাবার তো মাথায় আকাশ ভেঙে পড়ার মতো অবস্থা। " হায় রে সময়! যাকে ছোটবেলায় কোলে পিঠে করে মানুষ করেছি,ন্যায় অন্যায় এর শিক্ষা দিয়েছি ,সে-ই কিনা কিছু টাকার জন্য নিজের কাকাকে মেরে ফেলতেও দ্বিধাবোধ করলোনা?কই সে তো আমাকে চিঠি লিখে তার অভাবের কথা জানাতে পারতো? তা না করে আমার মৃত্যুর ভুয়ো সংবাদ দিয়ে আমার জমিটা বিক্রি করে দিলো?দাদা কি করছিলো?হয়তো দাদাকে সে জানায়ওনি। এইসব জানার থেকে আমার

আর এই দেশে না আসাই উচিত ছিল। মনে হচ্ছে একবার গিয়ে ওর সামনে দাঁড়াই,দেখি ও আমার মুখের দিকে তাকিয়ে কথা বলতে পারে কিনা। না থাক! আমার আর দেশের বাড়িতে গিয়ে কোনো কাজ নেই।যারা সম্পর্ক মেরে ফেলেছে তাদের সঙ্গে আর কিসের সম্পর্ক!"

বসির চাচা বাবাকে জমি ফিরিয়ে দিতেও চায় কিন্তু বাবা আর তা ফেরত নেয়না। চাচাকে বললেন-"আমারও তো কম দোষ নেই। আমি যাওয়ার পর এতগুলো বছরে তো তোর সঙ্গে কোনো যোগাযোগও রাখিনি।"যাই হোক,বাবা দিন দুয়েক পরে ভগ্ন হৃদয়ে বাংলাদেশ থেকে ফিরে এলেন শূন্য হাতে।বাড়িতে এসে মা কে সব কথা খুলে বললেন। মা কিন্তু তাতে একটুও বিচলিত হলেন না ,বললেন "চিন্তা করোনা,দেখবে বাবা ভোলানাথের কৃপায় সব ঠিক হয়ে যাবে।" বাবা কিছু পরিচিত প্রতিবেশীদের সাহায্যে (টাকা ধার করে) বড়দির বিয়ের যথাযথ আয়োজন করেন।বাবার মুদিখানার দোকানে ভালো বিক্রি হতো তাই সেই ধার শোধ করতে বাবার বেশিদিন সময়ও লাগেনি।

এরপর মেজদি স্নাতক হয়ে যাওয়ার পর তারও বিয়ে হয়ে যায়।ততদিনে আমি ন্যাশনাল ডিফেন্স একাডেমী (NDA)তে ভর্তির সুযোগ পেয়ে সেইখানেই

পড়াশুনা করতে থাকি।সেখানে তিন বছরের ট্রেনিং এর পর ভারতীয় সৈন্যদলের অফিসার পদে যোগদান করি। অনেক দিনের সংঘর্ষের ফল বাবা মা একটু একটু করে পেতে শুরু করল। কিন্তু একটা কথা আছে-"চক্রবৎ পরিবর্তন্তে সুখানি চ দুখানি।"সুখ-দুঃখ -সুখ যেন সব সময় আবর্তিত হচ্ছে।এটি হয়তো প্রকৃতির নিয়ম।তবে আমার মনে হয় সুখের থেকেও দুঃখের ও সংঘর্ষের ভাগটাই ভগবান মানুষের জীবনচক্রে বেশি রেখেছেন। আমাদের পরিবারও তার ব্যতিক্রম নয়।

জীবনের আরেক অধ্যায়

------"বাবু সকাল হয়ে গেছে তো !অফিস যাবেনা?চা ও জলখাবার তৈরী করে টেবিলে রেখে দিয়েছি। কি যে তোমার মোতিগতি বাপু বুঝিনা। রাতের খাবারগুলোও তো খাওনি। শরীর ঠিক আছে তো? আজ আবার যেন অফিস যাওয়ার তাড়া দেখিয়ে খাবার না খেয়ে চলে যেওনা। আমার হয়েছে যত জ্বালা।"

ছোটবেলার কথা ভাবতে ভাবতে কালকে যে কখন ঘুমিয়ে পড়েছি টেরও পাইনি। সকালবেলায় নারায়নদার বকুনিতে ঘুম ভাঙল। সেই কবে বাড়ি ছেড়ে কলকাতায় এসেছি ,তখন থেকে নারায়ণদাই আমার খাওয়া-দাওয়া বাড়ি-ঘর সবকিছুর দেখভাল করেন। কাজেই,তার বোকুনিটা আমার কাছে বড়দাদার স্নেহের মতোই মনে হয়;ভালোই লাগে। যাইহোক,স্নান খাওয়া সেরে অফিসের উদ্দেশ্যে রওনা হলাম। বাড়ির একটা চাবি নারায়ণদার কাছেই থাকে। সে মাঝে একবার এসে আমার সব এলোমেলো করে রাখা জিনিসপত্র গুছিয়ে যাবে। অফিসে এসেও আমার কাজে মন বসেনা কিছুতেই। জীবনের ফেলে আসা ঘটনাগুলো বারবার ঘুরপাক খেতে থাকে মাথার মধ্যে।

১৯৯৫সাল।   তখন   আমি   মিলিটারি অফিসার,অবিবাহিত। বাবার ব্যবসা খুব ভালোই চলছিল,আমাকে আর বাড়িতে টাকা পয়সা পাঠাতে হয়না। প্রচুর আনন্দ,ফুর্তি,বন্ধুবান্ধবদের নিয়ে পার্টি - এইগুলো নিয়েই মেতে থাকতাম। ছুটিতে বাড়িতে আসার আগে কয়েকদিন বন্ধুদের নিয়ে বেড়িয়ে আসতাম। আমার পোস্টিং ছিল পাঞ্জাবে। অনেক অফিসারদের মধ্যে আমি,বলবীর সিং ও আসিফ খান এই তিনজন খুব ভালো বন্ধু ছিলাম। যেখানেই ঘুরতে যেতাম,একসঙ্গে যেতাম। একদিন আসিফের বাড়ির থেকে খবর আসে যে তার বাবা মা তার জন্য পাত্রী পছন্দ করেছে,১৮ ই অগাস্ট বিয়ের দিন ঠিক হয়েছে। আমি আর বলবীর তো খুব খুশি, আসিফের চোখে মুখেও   একটু   লজ্জামিশ্রিত   খুশির   ভাব। ভাবলাম,আসিফের বিয়ে;কয়েকদিন ধরে আনন্দ করব। কিন্তু সামনেই তো আবার ১৫ই অগাস্ট এর কুচকাওয়াজ। আসিফ তো বিয়ের জন্য আগেই ছুটি পেয়ে গেলো,আমি আর বলবীর পেলামনা। আমাদের বলা হলো ওই সময় দিল্লীতে থাকতে হবে। সিনিয়র অফিসারকে অনেক অনুরোধ করে ১৭ থেকে 21শে অগাস্ট এই পাঁচদিনের ছুটি পেলাম। 22শে অগাস্ট পাঞ্জাবে জয়েন করতে   হবে। আসিফের বাড়ি কানপুরে। দিল্লী থেকে বেশি দূরে নয়। পাঁচদিনের ছুটিই যথেষ্ট। আমি আর বলবীর ঠিক করলাম স্বাধীনতা দিবসের কুচকাওয়াজের পর ,১৬ তারিখ অফিসের কাজ সেরে রাতে দিল্লী থেকে কানপুরের

উদ্দেশ্যে রওনা হব। আবার 20শে অগাস্ট কানপুর থেকে দিল্লী ফিরে আসার ট্রেন ধরব। সেই মতো টিকিটও কাটলাম।

         দেখতে দেখতে আমাদের সেই কাঙ্ক্ষিত দিন এসে গেল। ১৬ ই অগাস্ট রাতে আমরা নতুন দিল্লী থেকে ট্রেন এ চেপে কানপুরের উদ্দেশ্যে রওনা হলাম। ট্রেন এ যেতে যেতে দিল্লীতে যে এই কদিন কাটালাম তার কথাও মনে পড়ছিল। কত চওড়া চওড়া রাস্তা,মানুষের ব্যস্ততা ,কত ইতিহাসের সাক্ষী এই শহর। প্রকৃতই এই দেশের রাজধানী। কিছু তো একটা আছে এই শহরটায়!তাই তো মুঘল থেকে ইংরেজ -সবাই যেখানেই তাদের রাজধানী নির্মাণ করুক না কেন শেষমেশ ফিরে এসেছে এই দিল্লীতেই। আসিফ তো আগেই ছুটিতে বাড়ি চলে গিয়েছিলো। আমি আর বলবীর এই স্বল্প কয়েকদিনেই কাজের পর সময় পেলেই শহরটাকে ঘুরে নিয়েছি। মনে মনে ভাবলাম কানপুর গেলে যদি একদিনের জন্যও সময় পাই তো লাখনৌটাও ঘুরে আসা যায়। সেটাও তো এক ঐতিহাসিক শহর। আর মোঘলাই খাবারের নাম মনে আসলেই তো মন ও রসনা কোনোটার উপরেই আয়ত্ত রাখা সম্ভব হয়না।

যাই হোক,১৭ তারিখ সকালবেলায় আমরা আসিফের বাড়িতে পৌঁছে গেলাম। ওদের বাড়িটা কানপুর সিটিতেই ছিল। বিয়ের অনুষ্ঠান হেতু অনেক আত্মীয় -স্বজন ,পাড়া -প্রতিবেশী ,বন্ধু -বান্ধবদের আনাগোনা শুরু হয়ে গেছিল। এতো ব্যস্ততার মধ্যেও আসিফ আমাদের স্টেশনে আনতে গিয়েছিল। আমাদের জন্য থাকা ও খাওয়ার সুবন্দ্যবস্তুও ছিল। বাড়ির সবার সাথে পরিচয়পর্ব শেষ হওয়ার পর আমরা(আমি ও বলবীর)আমাদের ঘরে গিয়ে প্রাতঃক্রিয়া ও স্নান সেরে তৈরী হয়ে গেলাম। রাতে ভালো ঘুম হয়েছিল তাই শরীরে কোনো ক্লান্তিও ছিলোনা। পরের দিনই (১৮ ই অগাস্ট)আসিফের বিয়ে। বিয়ের নানান আচার অনুষ্ঠান ইতিমধ্যেই শুরু হয়ে গিয়েছে। তার মধ্যেও আসিফ আমাদের সময় দেওয়ার চেষ্টা করছে। চা ও জলখাবার খাওয়ার পর আসিফকে বললাম যে ধারেকাছের কয়েকটা জায়গার নাম বল যেখান থেকে আমরা ঘুরে আসতে পারি। আসিফ কয়েকটা জায়গার নাম বললো আর একটা গাড়িরও ব্যবস্থা করে দিল। আমি আর বলবীর বেরিয়ে পড়লাম এবং তার আগে বাড়িতে জানিয়ে গেলাম যে দুপুরের খাবারটা আমরা বাইরেই খাব।

যেতে যেতে আমরা ঠিক করলাম প্রথমে বাল্মীকি আশ্রম মন্দিরে যাব। এর পিছনে যে কারণ টা ছিল সেটা হলো যে আমাদের ট্যাক্সিচালক আমাদের এখানে যাওয়ার জন্য খুব উদ্বুদ্ধ করল। বললো

,এখানে সীতা মাইয়া লব-কুশ এর জন্ম দিয়েছিলেন। আরও বললো যে এখানেই বাল্মীকি মুনি রামায়ণ লিখেছিলেন। ছোটবেলার কথা মনে পড়ে গেল। যখন মা সব কাজকর্ম সেরে আমাকে ঘুম পাড়াতো, মায়ের কাছে গল্প শোনার বায়না করতাম। মা বেশীরভাগ সময়ই রামায়ণ আর মহাভারত এর গল্প বলত। বই দুটো কোনোদিন না পড়লেও আমার সব ঘটনাগুলো মুখস্থ ছিল। আমার সবথেকে প্রিয় নায়ক ছিল "হনুমানজী"। আমার পাশবালিশটি ছিল হনুমানের গদাস্বরূপ। তাই বড়দি ও ছোড়দির উপর রাগ হলে , কাল্পনিক রাবণ ও কুম্ভকর্ণ ভেবে তাদের উপর আমার পাশবালিশ স্বরূপ গদাটিকে নিয়ে আক্রমণ করতাম। ছোট ভাই হিসাবে তারা প্রথম দু- চারটে আঘাত মাফ করে দিত। আমি তখন বিজয়ের উল্লাসে উল্লসিত হয়ে তাদের আরও আঘাত করতে যেতাম, তারা ধৈর্য্যচ্যুত হয়ে প্রত্যাঘাত করতে আসতো আর তখন আমি আমার পরমপ্রিয় হাতিয়ারটিকে ফেলে মায়ের কাছে দৌড়ে চলে যেতাম- মা ই তখন আমার একমাত্র উদ্ধারকারিনী।

সেই রামায়ণের সাথে সম্পর্কযুক্ত আশ্রম-মন্দিরের নাম শুনেই আমার খুব যেতে ইচ্ছা করল। বলবীরও কোনো আপত্তি করলোনা বরং উৎসাহই দেখাল। মন্দিরটি কানপুর সিটি থেকে প্রায় 20কিমি মতো দূরে

হবে। আমরা গল্প করতে করতে ও চারপাশের দৃশ্য দেখতে দেখতে মন্দিরে পৌঁছে গেলাম।

'বাল্মীকি আশ্রম মন্দির'-- কানপুর থেকে মোটামুটি 20 কিলোমিটার দূরে "বিথোড়" এ অবস্থিত। মন্দিরে ঢুকেই এক অদ্ভুত অনুভূতি হলো-মনে হলো জায়গাটি বাইরের জগতের সবকিছু থেকে আলাদা একটি স্থান। মন্দির চত্বরেই লব-কুশের একটি মন্দির ও আছে। রামায়ণ অনুসারে শ্রী রামচন্দ্রের দুই সন্তান ছিল-লব আর কুশ। শ্রীরামচন্দ্র সীতামাতাকে অন্তঃসত্ত্বা অবস্থাতেই পরিত্যাগ করেছিলেন এবং এই বাল্মীকি আশ্রমেই তাদের যমজ সন্তানের জন্ম হয়। মন্দিরে হনুমানজীর পূজার গর্ভগৃহও আছে। প্রচলিত আছে যে, লব-কুশ হনুমানজীকে এইখানেই আটক করে রেখেছিলেন যখন অশ্বমেধ যজ্ঞের ঘোড়া ছাড়াতে হনুমানজী তাদের সাথে লড়াই করতে এসেছিলেন। এখানে সেই জায়গাটিও দেখলাম যেখানে সীতা মাতা পাতালে প্রবেশ করেছিলেন। মনে হচ্ছিলো, সব পৌরাণিক কাহিনীগুলো যেন চোখের সামনেই ঘটছে। আশ্রমেই অনেকক্ষণ কাটিয়ে দিলাম।

ফেরার পথে দুপুরের খাবার খেয়ে ড্রাইভারজীর পরামর্শমত 'মোতিঝিল' এ গেলাম। এটি একটি লেক ও পানীয় জলাধার, সঙ্গে একটি মনোরম

উদ্যান। লেকের ধরে শুধু বসে থাকলেও সুন্দর সময় কেটে যায়। আমি আর বলবীর বিকেলের পড়ন্ত রোদে ,ঝিলের ধারে বসে গল্প করতে করতেই অনেকটা সময় কাটিয়ে দিলাম।   সন্ধ্যের সময় আবার আসিফের বাড়িতেই ফিরে এলাম। পরের দিনই তো ওর বিয়ে। তবে ড্রাইভারজীর ট্যাক্সিটাকে ১৯ তারিখের জন্য বায়না করে রাখলাম। কানপুর থেকে লাখনৌ খুব বেশি দূর নয়,গাড়িতে আড়াই থেকে তিন ঘন্টা লাগবে। কাজেই,এতো কাছে এসে এই ঐতিহাসিক শহরটিকে দেখা ও সেখানকার খাবার আস্বাদন করার লোভ সম্বরণ করতে পারলামনা। ১৮ তারিখ টা খুব ব্যাস্ততার মধ্যে দিয়েই কাটল। সকাল থেকেই বিভিন্ন আচার অনুষ্ঠান,বিয়ের নিয়ম-কানুন,আসিফের সাথে কোনের বাড়ি যাওয়া ,বিয়ে (নিকাহ) হওয়া,খাওয়া-দাওয়া ,আনন্দ-ফুর্তিতে দিনটা যে কিভাবে কেটে গেলো বুঝতেও পারলামনা। অবাঙালি মুসলিম বিয়ে এই প্রথম দেখলাম।

          পরের দিন সকালে আমরা লখনৌ এর উদ্দেশ্যে রওনা হলাম। আমাদের লখনৌ যাওয়ার কথা শুনে আসিফ বেশ উৎসাহিতই হল।(আমরা ভেবেছিলাম ও হয়তো আপত্তি করবে ! একটা দিন বাড়িতেই থাকতে বলবে),বুঝলাম নতুন বিয়ের ফল। লখনৌ শহর যেন ইতিহাস ও সংস্কৃতির মেলবন্ধন। রুমি দরওয়াজা,ছোটা ইমামবড়া, বড়া ইমামবড়া ইত্যাদি আরও কত ইসলামিক স্থাপত্যের

নিদর্শন ছড়িয়ে রয়েছে শহরটাতে। ইতিহাসের পাতার ছবিগুলো যেন চোখের সামনে দেখছি। শহরটি সংগীত ও নৃত্যচর্চারও পীঠস্থান বটে!অলিতে- গলিতে যেন বাদ্যযন্ত্রের আওয়াজ,সংগীত রেওয়াজের শব্দ ভেসে আসছে। আর আছে বিভিন্ন রকমের জিভে জল আনা খাবার। যেমন বিভিন্ন ধরণের সুস্বাদু কাবাব,বিরিয়ানি তেমনি আবার কুলফি,ফালুদা,ফিরনি ইত্যাদি নানান রকমের মিষ্টি। কচুরি আর জিলিপিও কিছু কম যায়না। সব মিলিয়ে লাখনৌ এর এই ঝটিকা সফরটাও আমাদের খুব ভালো কাটলো। বলবীরও বললো সত্যিই ,না আসলে খুব বড় মিস হয়ে যেত। আমি মা আর দুই দিদির জন্য চিকন এর শাড়ীও কিনলাম।

পরের দিন (২০ শে অগাস্ট) ফেরার পালা দিল্লীতে। কানপুর থেকে রাতের ট্রেন ,কালিন্দী এক্সপ্রেস। আসিফ ,তার সদ্যবিবাহিতা স্ত্রী ও বাড়ির লোকেদের বিদায় জানিয়ে আমরা ২০ তারিখ রাতে কানপুর স্টেশন থেকে কালিন্দী এক্সপ্রেসে উঠে পড়লাম। আসিফ ই আমাদের স্টেশন এ পৌঁছনোর ব্যবস্থা করে দিয়েছিল। আসিফের বাড়িতেই রাতের খাওয়া সেরে এসেছিলাম তাই ট্রেনে উঠেই ঠিক করলাম ঘুমিয়ে পড়বো, পরের দিন ভোরবেলাতেই তো পৌঁছে যাবো! যেমন ভাবনা তেমন কাজ !ট্রেন এ উঠে ,মালপত্র

ঠিক করে রেখে, বার্থে বিছানা করে শুয়ে পড়লাম। বলবীর অবশ্য কিছুক্ষন বই পড়ছিলো। আমি ট্রেনের কামড়ায় দুলতে দুলতে কখন যে ঘুমিয়ে পড়লাম। হঠাৎ প্রচন্ড জোরে শব্দ হলো এবং আমি যে ছিট্কে কোথায় পড়ে গেলাম আর কিছুই জানিনা------

----

কান্না হাসির দোলদোলানো ---

পাওয়া খোয়ানোর খেলা--

চারদিক থেকে হালকা স্বরের কথাবার্তার আওয়াজ শোনা যাচ্ছে। আমি কি গভীর ঘুমে আচ্ছন্ন ছিলাম?মাথাটা এতো ব্যাথা করছে কেন? হাত-পা ও তো নাড়াতে পারছিনা,কি ভীষণ ব্যাথা। চোখ খুলছি কিন্তু কিছু দেখতে পারছিনা কেন?প্রচন্ড ভয়ে ও শারীরিক যন্ত্রনায় চিৎকার করে উঠলাম। "আরে আরে দেখো বাবুজি কে হোশ আ গিয়া " ---" কুচ চাহিয়ে বাবুজি?"---- " আরে কই হ্যায়? বাবুজি কে লিয়ে থোড়া পানি লেকে আও।"

---কতগুলো অপরিচিত লোকের কণ্ঠস্বর শুনতে পেলাম,তাদের উপস্থিতি অনুভব করলাম আর এটাও বুঝতে পারলাম যে আমি কোনো এক অজানা অচেনা জায়গায় একটি বিছানার উপর শুয়ে আছি। আমি নড়াচড়া করার ক্ষমতা ও দৃষ্টিশক্তি দুটোই হারিয়েছি। "থোড়া পানি পি লিজিয়ে বাবুজি"--এক অপরিচিত ব্যক্তি আমার ঠোঁটের কাছে জলের গেলাসটি ধরলো ,আমি কিছুটা জল খেলাম। "আপ কে নাম ক্যায়া হ্যায়

বাবুজি?"-এই প্রশ্নের কোনো উত্তর কেন আমি দিতে পারছিনা?আমি তো আমার নাম ঠিকানা কিছুই মনে করতে পারছিনা। হে ভগবান!এই ছিল কি আমার অদৃষ্টে?আমার স্মৃতিশক্তিটাও কি চলে গেলো?এই ভাবতে ভাবতে কেঁদে উঠলাম আর মাথা নেড়ে নেড়ে বলতে লাগলাম --কুছ ইয়াদ নেহি,কুছ ইয়াদ নেহি,কুছ ইয়াদ নেহি---------

"আরে কোই ডক্টর সাহাব কো খবর করো ,লিলি ম্যাডাম কো বুলাও --সাহাব কে হোশ আ গয়া হ্যায়। " জৈনক এক ব্যাক্তির কথা শুনতে পেলাম। কি অদ্ভুত ব্যাপার --আমি কে,কী আমার অতীত,আমি কবে কখন কীভাবে ও কী কারণে এখানে এইভাবে আছি সব ভুলে গেছি কিন্তু কোনো ভাষা তো ভুলিনি। যে যা বলছে সব তো বুঝতে পারছি। ডাক্তার বাবু এলেন,আমাকে বিভিন্নভাবে পরীক্ষা করলেন,কোথায় কি অসুবিধা সব জিজ্ঞাসা করে একজন কারোকে বুঝিয়ে দিলেন আমাকে কোন ওষুধ কখন ও কীভাবে খেতে হবে। বুঝলাম যাকে বোঝাচ্ছেন আমার পরিচর্যার ভার তার উপরেই ন্যস্ত। আমার ব্যাথা কমানোর জন্য ইনজেকশনও দিলেন।

মানুষের একটা ইন্দ্রিয় কর্মক্ষমতা হারালে বোধহয় অন্য ইন্দ্রিয়গুলি বেশী সজাগ ও সক্ষম হয়ে যায়।

বুঝলাম ,আমার দেখাশোনার ভার একজনের নয় ,দুইজনের। একজন নার্স আর একজন আয়া। নার্সের নাম লিলি -আমার ওষুধ ,পথ্য ,স্যালাইন,ইনজেকশন ,ড্রেসিং যাবতীয় দায়িত্ব তার আর একজন আয়া 'নবীন'। আমাকে স্নান করানো,পরিষ্কার -পরিচ্ছন্ন রাখা, চুল-দাড়ি কাটা ,খাওয়ানো সবকিছুর খেয়াল রাখতো নবীন। প্রথম দিকে আমি বিছানা থেকে উঠতে পারতামনা, কাজেই আমার সব কাজ বিছানায় শুয়েই করতে হতো । এইভাবে কয়েকমাস যেতে যেতে আমি একটু একটু করে বসা ও পরে হাঁটায় সক্ষম হলাম। এর জন্য নবীন ও লিলির কাছে আমি চিরকৃতজ্ঞ।

        লিলি এই গ্রামের একটি প্রাথমিক চিকিৎসাকেন্দ্রের নার্স। ডাক্তার সুনীল উপাধ্যায় মহাশয়ের সহকারী। আমি তখন উত্তর প্রদেশের ফিরোজাবাদের নিকট মাহাবীরনগর নামক একটি জায়গায় আছি,নবীন ও লিলির তত্ত্বাবধানে। সম্পূর্ণ দৃষ্টিশক্তি ও স্মৃতিশক্তিহীন একজন অসহায় মানুষ যাঁকে বাঁচিয়ে রাখার পিছনে বিধাতার উদ্দেশ্য হয়তো শুধু তিনিই জানেন। লিলি ও নবীনের সঙ্গে কথা বলেই আমার সময় কাটতো,তারাই ছিল আমার নিঃসঙ্গ জীবনের সঙ্গী। লিলি দিনে চারবার আসতো ,ওষুধ খাওয়ানো,ইনজেকশন দেওয়া ও ক্ষতস্থানের পরিচর্যার জন্য। সদ্য নার্সিং ট্রেনিং প্রাপ্ত ছোট একটি মেয়ে কিন্তু কাজের প্রতি তার নিষ্ঠা প্রবল। গ্রামের

প্রাথমিক স্বাস্থ্যকেন্দ্রের কাজের মাঝে প্রতিদিন চারবার করে সে আমার কাছে আসতো আমার শুশ্রূষা করার জন্য। তার অদম্য ইচ্ছা ছিল আমার অতীত জানার, কিন্তু ডাক্তার বাবুর নির্দেশ ছিল যে আমার অতীত মনে করানোর জন্য যেন কোনো জোর না করা হয়।

আমিও যে আমার অতীত মনে করার চেষ্টা করতামনা তা নয় ,কিন্তু আমার কিছুই মনে পড়তোনা। লিলি ও নবীনের সেবা শুশ্রূষায় আমি আস্তে আস্তে অনেক সুস্থ হয়ে উঠলাম। লিলির সঙ্গ আমার বেশ ভালো লাগতো। ও প্রাথমিক স্বাস্থ্যকেন্দ্রের কাজ সেরে কখন আমাকে কাছে আসবে তার জন্য অপেক্ষা করতে থাকতাম। লিলির কথা খুব বুদ্ধিদীপ্ত ছিল। আমায় একদিন কথার ফাঁকে 'ফৌজীবাবু' বলে সম্বোধন করল। আমি কারণ জিজ্ঞাসা করাতে সে বললো ,আমাকে যখন তারা আহত অবস্থায় পায় ,আমার পরনে তখন ফৌজির পোশাক ছিল। বুঝলাম ও আমায় কিছু মনে করানোর চেষ্টা করছিলো,কিন্তু আমার তো কিছুই মনে পড়লো ন। আমি যখনই জিজ্ঞাসা করতাম যে আমি কীভাবে এইখানে এসে পৌঁছলাম,নানান অছিলায় সে এড়িয়ে যেত। হয়তো ডাক্তার বাবুর সেইরকমই নির্দেশ ছিল তাই নবীনও আমাকে কিছু বলতোনা।

লিলিরও হয়তো আমার প্রতি দয়া বা করুণা বশতঃ একটু দুর্বলতা জন্মেছিল। দৃষ্টিশক্তি না থাকলেও ষষ্ঠ ইন্দ্রিয়ের সহায়তায় বুঝতে পারতাম যে আমার ওর প্রতি আকর্ষণটা একতরফা নয়। নবীনও হয়তো আমাদের পারস্পরিক আকর্ষণের কিছুটা আঁচ পেয়েছিল,তাই লিলি আমার কাছে আসলে ও কোনো অছিলায় বাইরে চলে যেত। এমন করে বোধ করি কয়েকটা মাস কেটে গেছে,আমার শরীরে বাহ্যিক যন্ত্রনা এখন আর নেই। আমি নিজে হাঁটাচলা করতে পারি এবং আমার শরীরে কোনো ব্যাণ্ডেজ-পট্টিও আর নেই। ডাক্তারবাবু,লিলি ও নবীনের অদম্য চেষ্টায় আজ আমি সুস্থ তবে দৃষ্টিশক্তি ও স্মৃতিশক্তি ফেরাটা ভগবানের ইচ্ছা ছাড়া হবেনা এটা আমি বুঝেছিলাম। আস্তে আস্তে স্মৃতি ফিরে পাওয়ার তাগিদটাও অনুভব করতামনা;গ্রামবাসীদের সবার সাথে এমনভাবে মিশে গিয়েছিলাম। মাহাবীরনগরই আমার জায়গা এটাই মেনে নিয়েছিলাম।

লিলি কিন্তু দিনে চারবার রুটিনমাফিক আমার সাথে দেখা করতে আসতো যদিও আমি এখন নিজের ঔষধ ,খাবার নিজেই খেতে পারি। হাঁটা-চলা ,এদিক ওদিক যাওয়া সবকিছুর জন্য নবীনকে আমার লাগতোই;ও ছিল আমার ছায়াসঙ্গী। একদিন নবীনকে না বলে সরাসরি লিলিকেই বলে ফেললাম আমাকে একটু পার্কে বেড়াতে নিয়ে যেতে। মনে মনে একটু

ভয় ও হচ্ছিলো যদি 'না' বলে ,যদি নবীন কিছু মনে করে। যাই হোক, এর কোনোটাই হয়নি -লিলির সঙ্গে নবীনের কি বোঝাপড়া হয়েছিল জানিনা, আমাকে নিয়ে লিলি একাই বেরিয়েছিল। সেইদিন প্রথম ওর হাতে হাত রেখে অনেক্ষন বসেছিলাম। অনেক কথা হলো,লিলির নিজের কথা। ছোটবেলায় কোনো গাড়ি দুর্ঘটনায় ওর বাবা-মা মারা যান,মামা-মামীর কাছেই মানুষ। ছোটবেলায় দিদাকে দেখেছে বিনা শুশ্রূষায়,অত্যন্ত অবহেলিত হয়ে মারা যেতে। মামা ডাক্তার তো দেখাতো কিন্তু ঔষধ খাওয়ানো,পথ্য তৈরী করার কেউ ছিলোনা। তাই ছোটবেলা থেকেই সে ঠিক করে নেয় যে সে নার্স হবে,অসুস্থ লোকের সেবা করবে।

বড় হয়ে স্নাতক হওয়ার পর সে নার্সিং ট্রেনিং নেয় এবং এই নিজের গ্রামেই প্রাথমিক স্বাস্থ্যকেন্দ্রে চাকরি নিয়ে আসে। এখানে অনেক বয়স্ক মানুষের শুশ্রূষার ভার সে নিয়েছিল তাই এখানে সে খুব জনপ্রিয়। লিলিকে জিজ্ঞাসা করেই ফেললাম আমি এখানে এই অবস্থায় কীকরে আসলাম? প্রথমটায় সে প্রশ্নটা এড়িয়ে যাওয়ারই চেষ্টা করেছিল কিন্তু আমি খুব জোড় করাতে সে বলতে রাজি হলো। সে এটাও আমাকে বললো যে আমার কিছু মনে না পড়লে যেন আমি অহেতুক উত্তেজিত না হয়ে যাই।

সে এক ভয়ানক রেল দুর্ঘটনা; ২০শে আগস্ট রাতের ঘটনা। কানপুর থেকে দিল্লিগামী ট্রেন 'কালিন্দী এক্সপ্রেস'বিহারের ফিরোজাবাদের কাছে এসে দাঁড়িয়ে পড়ে। কারণ রেল লাইনে একটি নীলগাই হঠাৎ করে এসে পড়ে এবং জোরে ব্রেক কষা সত্ত্বেও ট্রেনটি নীলগাইটিকে ধাক্কা মারে। এর কারণবশতঃ ট্রেনটির ব্রেক ক্ষতিগ্রস্থ হয়। কার্যত ট্রেনটি আর এগোতে পারেনা। সেই সময় ওই একই লাইন দিয়ে পুরি থেকে দিল্লিগামী 'পুরুষোত্তম এক্সপ্রেস ' আসছিলো। প্রায় ৭০ কিলোমিটার প্রতি ঘন্টা বেগে ধববান এই পুরুষহত্তম এক্সপ্রেস পিছন থেকে কালিন্দী এক্সপ্রেসকে ধাক্কা মারে। কালিন্দী এক্সপ্রেসের এর তিনটি বগি ধ্বংস হয়ে যায় এবং পুরুষোত্তম এক্সপ্রেসের ইঞ্জিন সহ সামনের দুটি বগি লাইন চ্যুত হয়ে যায়। প্রায় ৪০০ জন যাত্রী মারা যায় এবং প্রচুর মানুষ আহত হয়। ক্ষয়-ক্ষতির পরিমাণ ও প্রচুর। এই ঘটনার কথা খুব তাড়াতাড়ি চতুর্দিকে ছড়িয়ে পড়ে।

ডাক্তার সুনীল উপাধ্যায় ও লিলি সেখানে যান রিলিফ ক্যাম্প এ আহতদের চিকিৎসা ও শুশ্রূষা করতে। আরও অনেক ডাক্তার এবং নার্সও ছিল। ধীরে ধীরে

অনেকে সুস্থ হয়ে তাদের আত্মীয়-স্বজনদের সাথে বাড়ি ফিরে যায়। কিন্তু ফৌজিমশাইয়ের তখনও জ্ঞান ফেরেনা এবং কেউ তার সন্ধান করতেও আসেনা। এদিকে ডাক্তার বাবুর তাকে ছেড়ে আসতেও মন চাইছিলনা। লিলি ও তিনি ঠিক করলেন যে ফৌজীবাবুকে তারা তাদের গ্রামে নিয়ে যাবেন যাতে ওনার চিকিৎসায় কোনো ছেদ না পড়ে। সেইমতো তারা প্রশাসনিক ও আইনি নিয়ম-কানুন মেনে ফৌজীবাবুকে এই গ্রামে নিয়ে আসে। ডাক্তারবাবু নিয়মিত এসে পরীক্ষা-নীরিক্ষা করতেন। প্রায় একমাস পর আমার জ্ঞান আসে। কিন্তু মাথায় গুরুতর চোট লাগায় আমি স্মৃতি ও দৃষ্টি দুটোই হারাই। এই ঘটনা শোনার পরও আমি এতটুকুও কিছু মনে করতে পারলামনা। লিলি হয়তো কিছুটা নিরাশ হলো ,তবুও আমার কাছে সে কিছুই প্রকাশ করলোনা।

ক্রমশঃ লিলি ও আমার একান্তে সময় কাটানোটা একটা অভ্যাসে পরিণত হলো। একদিন তাকে জিজ্ঞাসা করলাম যদি আমার কোনোদিন পুরোনো স্মৃতি ফিরে আসে তাহলে কি আমি আমার বর্তমান স্মৃতি সব ভুলে যাবো ?এমনকি তাকেও ?সে বলেছিলো হতেও পারে। সেই শুনে আমি বলেছিলাম তাহলে আমার স্মৃতি না ফেরাই ভালো। আমার অতীত নিয়ে নানান প্রশ্ন যে আমার মনে উঁকি দিত না তা নয় কিন্তু লিলিকে ভুলে যাওয়ার কথা আমি তো ভাবতেই পারিনা। লিলিকে হারিয়ে ফেলার ভয়ে

আমার ভিতরটা যেন শিউরে উঠলো। ভাবলাম, যা এতদিন ভুলে গিয়ে বেঁচে আছি তা মনে না পড়লেই বা ক্ষতি কি ?আমার বাবা-মা ,আত্মীয়-স্বজন, বন্ধু-বান্ধব সবাই হয়তো আশা ছেড়ে দিয়ে আমার খোঁজ করাও বন্ধ করে দিয়েছে।

লিলির কিন্তু প্রবল চেষ্টা ছিল আমার স্মৃতিশক্তি ও দৃষ্টিশক্তি ফেরানোর। সে আমাকে তার জীবনে ঘটে যাওয়া বিভিন্ন ঘটনাগুলো বলতো এবং আমার জীবনেও সেইরকম বা তার সঙ্গে সামঞ্জস্যপূর্ণ কোনো ঘটনা ঘটেছিলো কিনা তা মনে করতে বলতো। আবার ডাক্তার বাবুর সাহায্যে শহরের বড় বড় চোখের ডাক্তারদের সাথে যোগাযোগ করে আমার রিপোর্টগুলো নিয়ে চলে যেত --যদি কারো কাছে আমার দৃষ্টিশক্তি ফেরানোর আশ্বাস পায়। এইভাবে দিন ও যেতে থাকে এবং আমাদের ঘনিষ্টতাও ক্রমশঃ বাড়তে থাকে। আমাদের সম্পর্ক নিয়ে লোকেদের মধ্যে কানাঘুষো গুঞ্জনও চলতে থাকে। এবার সেকথা লিলির মামা-মামীর কাছে পৌঁছতে আর বেশি সময় লাগলোনা। তারা লিলিকে এই সকল কথার সত্যতা জিজ্ঞাসা করলে লিলি অকপটে আমাদের সম্পর্কের কথা তাদের খুলে বলে। লিলির মামা-মামী আমার সাথে দেখা করতে চান। আমিও রাজি হয়ে যাই।

নিজেকে খুব নার্ভাস লাগছিলো। আমি এক চালচুলোহীন যুবক, যার স্মৃতি ও দৃষ্টি কোনোটাই নেই ,কীকরে বলবো যে লিলির মতন শিক্ষিত,কর্মরত মেয়েকে জীবনসঙ্গীনী করতে চাই? এটা আমার জন্য অনেকটা বামুন হয়ে চাঁদ ধরার মতো হয়ে যাচ্ছেনা তো?বিয়ে একটা মানুষের সারা জীবনের ব্যাপার,মেয়েদের কত স্বপ্ন থাকে বিয়ে ও তার স্বামী নিয়ে! শুধুমাত্র ক্ষণিকের আবেগ ও দুর্বলতার জন্য আমি সেটাকে নিয়ে খেলছিনা তো? এইসব নানান প্রশ্ন আমার মনে উঁকি দিতে থাকে। একই সঙ্গে এটাও ভাবলাম ,যদি লিলির অভিভাবকদের সাথে কথাই না বলি তাহলে তো এই সম্পর্কের কোনো পরিণতিই নেই! লিলির কর্মবিরতি থাকবে এমন একটা দিনে ওদের বাড়ি যাবো বলে মনস্থির করলাম। লিলিও মামা-মামীকে সেই হিসাবে বলে রেখেছিলো। নির্দিষ্ট দিনে আমি তাদের বাড়িতে উপস্থিত হলাম অবশ্যই লিলি ও নবীনের সহযোগীতায়।

ওখানে যাওয়ার পর মামা-মামীর সঙ্গে কথা বলে আমার মনে হলো যে এতদিন আমার স্নায়ুতন্ত্রে যে ভীতির সঞ্চার হয়েছিল সেটা নিমেষেই মিলিয়ে গেলো। একজন পিতৃ-মাতৃহীন মেয়ের দায়িত্ব ঘাড় থেকে ঝেড়ে ফেলতে পারলেই যেন তারা বাঁচেন। মামী তো বলেই দিলেন যে বিয়ের পর লিলির প্রতি

কোনো দায়িত্ব বা কর্তব্য তাদের থাকবেনা। আমাদের বিয়ের দিনও নির্দিষ্ট হয়ে গেলো।

বিয়েতে পাত্রপক্ষ বলতে ডাক্তারবাবু , নবীন আর গ্রামের দুই একজন প্রতিবেশী। ডাক্তারবাবু অবশ্য পাত্রীপক্ষেও আছেন। অবশেষে বিয়ের দিন এলো। বাড়িতে সানাই বাজছে। আমার যেন এই বাজনাটা খুবই পরিচিত মনে হলো, কিন্তু আমি কোথায় শুনেছি চেষ্টা করেও মনে করতে পারলামনা। বিশেষ করে সবার হাসি-আনন্দ, নাচ-গান, আমার গায়েহলুদের অনুষ্ঠান (অবাঙালিরা হলদি বলে) এগুলো আমার চোখের সামনে আবছা-আবছা ভেসে আসছিলো, আমি যেন কোথায় এই অনুষ্ঠানে উপস্থিত ছিলাম। অনেক মনে করার চেষ্টা করলাম কিন্তু কিছুই মনে করতে পারলামনা , উপরন্তু মাথাটা ঝিম-ঝিম করতে লাগলো। ডাক্তারবাবু হয়তো কিছুটা আঁচ করতে পেরেছিলেন তাই বারবারই আমাকে জিজ্ঞাসা করছিলেন যে আমার কোনো অসুবিধা হচ্ছে কিনা। বিকেলে আমি বরের সাজ সেজে ঘোড়ার পিঠে চড়ে রওনা দিলাম লিলির বাড়ির উদ্দেশ্য।

নবীন , ডাক্তারবাবু ও আরও কয়েকজন বাজনা বাজিয়ে নাচতে নাচতে চললো আমার সাথে। আমার

চোখের সামনে ভেসে উঠতে লাগলো যে আমিও নাচতে-নাচতে 'বারাতি' হিসাবে যাচ্ছি(হিন্দিতে বরযাত্রীদের বারাতি বলে)। কিন্তু কার বিয়ে?আমার সঙ্গে আরও একজন কে নাচছে? যতই মনে করতে চাইছি ততই শরীরের ভিতরে এক অদ্ভুত অস্বস্তি হচ্ছে।

অবশেষে লিলির বাড়িতে উপস্থিত হলাম বরযাত্রী সমেত। বর বরণের অনুষ্ঠান হলো--- দেখতে তো পারছিনা কে কি করছে কিন্তু অনুভব করতে পারছি। এক ইন্দ্রিয়ের ক্ষমতা চলে গেলে বোধহয় অন্যান্য ইন্দ্রিয়ের কার্যক্ষমতা বেড়ে যায়। নিজের 'জামাই বরণ' তো দেখতে পারছিনা কিন্তু এটা কার 'জামাই বরণ' আমার নির্জীব চোখের সামনে ভেসে উঠছে?লিলির মামা-মামী বর ও বরযাত্রীদের আপ্যায়নের কোনো ত্রুটি রাখেননি। ওদের বাড়িতে অনেক আত্মীয়-স্বজনদেরও সমাগম হয়েছিল। কয়েকজন ছেলে-মেয়ে ,বোধ করি লিলির 'তুতো' ভাই-বোন হবে ,আমাকে ঠাট্টার ছলে বললো --"ইতনা পরিশান কিউঁ হো জিজাজী?অভি তো দিদি আয়েগী বরমালা লে কর!দিদি কি সাথ তো বাত করনেকা বহুত সময় মিলেগা, অভি হামারে সাথ ভি কুছ বাত কিজিয়ে।"সত্যি তো! তবে কি আমার ভিতরের অস্বস্তি বাইরেও প্রকাশ পাচ্ছে?আশ্চর্যজনক ভাবে আমার তো লিলির কথা মনে আসছেনা !এমনকি,আমি কোনোরকমের উত্তেজনা বা উদ্দীপনাও অনুভব

করছিনা। শুধু বন্ধ চোখের সামনে বিক্ষিপ্ত যে ঘটনাগুলো দেখতে পারছি তার সাথে আমার সম্পর্ক খোঁজার বা মনে করার চেষ্টা করছি।

ক্রমে বিয়ের নির্দিষ্ট মুহূর্ত উপস্থিত হলো। লিলি বরমাল্য নিয়ে আসবে তাই আমাকে বিবাহমণ্ডপে নিয়ে যাওয়া হচ্ছিল। নবীন আমাকে হাত ধরে নিয়ে যাচ্ছিল, সেই সময় চারপাশের কিছু কানাঘুষো কথা আমি শুনতে পাই। একজন বলছেন "প্যায়ার অন্ধা হি হোতা হ্যায়! নেহি তো লিলি জ্যায়সি লেড়কি ইস অন্ধে আদমিকো ক্যাইসে সাদি কর রহি হ্যায়?" আর একজন বলে উঠলেন -"আগর দুলহা -দুলহন কো কবুল হ্যায় তো হাম কিউঁ পারিশান হো রহে হ্যায়?"এই 'কবুল হ্যায়' কথাটা আমি কোথায় শুনেছি? আমি কার বরযাত্রীতে নাচ করছি?আমার সাথে ও কে নাচছে ?এইসব প্রশ্ন আমার মাথায় তোলপাড় হতে থাকলো। আসতে আসতে সব ঘটনা যেন আমি পরিষ্কার দেখতে পারছি - আসিফের বিয়ে--আমার আর বলবীরের নাচ ---ট্রেনে করে একসঙ্গে ফেরা---তারপর হঠাৎ এক বিকট আওয়াজ। আমি মালাবদলের আগেই অজ্ঞান হয়ে পড়ে যাই।

যখন জ্ঞান ফিরলো তখন লিলি ও ডাক্তারবাবু আমার পাশে। আমার পরিচয়, অতীত সব আমার মনে পড়ে গেছে কিন্তু লিলিকেও আমি ভুলে

যাইনি। যাই হোক,ওই রাতেই কোনরকমভাবে আমাদের বিয়েটা সম্পন্ন হয়েছিল। লিলির মামা-মামীও বোধকরি অনেকটা স্বস্তি পেয়েছিলেন। বিয়ের পরের দিন আমি লিলিকে নিয়ে আসি আমার আশ্রয়স্থলে। নবীনের স্থান হলো ঘরের লাগোয়া বারান্দার কোণায়। নবীনের হয়তো আমার প্রতি একটা মায়া পড়ে গিয়েছিলো। সে তার নিজের থাকার জায়গা নিজেই নির্দিষ্ট করে নিয়েছিল। স্মৃতিশক্তি যখন ফিরেছে ,স্বাভাবিকভাবেই আস্তে আস্তে আমার বাড়ি ঘর ,বাবা -মা সবকথাই মনে পড়েছে। মনে মনে বাড়িতে যাওয়ার খুব ইচ্ছা হতো ,কিন্তু লিলির চাকরির কথা মাথায় রেখে আমি পিছিয়ে যেতাম। লিলির উপার্জনেই আমার সংসার চলে। বাড়িতে গেলে বাবার ব্যাবসার দৌলতে আমাদের টাকা পয়সার কোনো অভাব হবেনা জানি ,কিন্তু লিলি তার চাকরি ছেড়ে কি যেতে চাইবে?

তবে লিলি আমার অজান্তে খোঁজখবর নিয়ে,লোক পাঠিয়ে আমার বাবা-মায়ের সাথে যোগাযোগ করে। আমি যে জীবিত আছি এতদিন পর তারা জানতে পারে। লিলি আমার অফিসেও চিঠি দিয়ে বিস্তারিতভাবে আমার অবস্থার কথা জানায়। রেল দুর্ঘটনা থেকে স্মৃতিশক্তি ,দৃষ্টিশক্তি চলে যাওয়া সবকিছুই মেডিকেল রিপোর্ট সহ আমার অফিসে জানানো হয়। কয়েকদিনের মধ্যেই দুইজন মিলিটারি অফিসার আসেন আমাকে সনাক্ত করতে এবং আমার শারীরিক ও মানসিক অবস্থার তদন্ত

করতে। তারা চলে যাওয়ার অল্প কিছুদিনের মধ্যেই আমার সরকারি পেনশন চালু হয়ে যায়। এই সংবাদে আমি আনন্দে উৎফুল্ল হয়ে উঠি। শারীরিক ,মানসিক ও আর্থিকভাবে অন্যের নির্ভরশীল হয়ে বেঁচে থাকার জ্বালা যে বড়! আজ থেকে আর কিছু না হোক আর্থিক নির্ভরশীলতাটা তো কাটবে !

আমার জীবিত থাকার খবর পেয়ে আসিফ ছুটে আসে আমাকে দেখতে। কতদিন পর দুই বন্ধুর মিলন! অনেক চেষ্টা করেও কেউই আর চোখের জল ধরে রাখতে পারলামনা। হঠাৎ বলবীরের কথা মনে পড়ে গেলো। আসিফকে জিজ্ঞাসা করলাম"বলবীর কেমন আছে? ও তো আমার সঙ্গে একই ট্রেনেই ছিল ।" কিছুক্ষন চুপকরে থেকে আমার হাতটা চেপে আসিফ বলল -"বলবীর আর আমাদের মধ্যে নেই। " সেই ট্রেন দুর্ঘটনায় বলবীর ইহলোক ত্যাগ করেছে। নিজেকে বড় অসহায় লাগছিলো। কাকে দোষ দেব জানিনা- ভাগ্য না ভগবানকে। যেই দুইজন বন্ধুকে চোখে হারাতাম ,আজ তাদের কারোকেই দেখতে পারছিনা। শুধু আজ কেন কোনোদিনই পারবনা। একজন জীবিত নেই আর একজনকে দেখার জন্য আমার দর্শনশক্তি জীবিত নেই।

লিলি ও নবীনের তত্ত্বাবধানে আসিফ আমাদের সঙ্গে খাওয়া দাওয়া সারলো। রাতের ট্রেনে ও ফিরে যাবে। "ট্রেন" শব্দটা আমার মনে এমন ভীতির সঞ্চার করে যে বারংবার আসিফকে বলেছিলাম সে যেন বাড়ি ফিরে টেলিগ্রাম করে আমাকে তার পৌঁছনোর সংবাদ দেয়। আসিফ তা দিয়েওছিলো। অদ্যাবধি আসিফের সঙ্গে আমার সম্পর্কে কোনো ছেদ পড়েনি।

আসিফ জিজ্ঞাসা করতে লিলি বলে যে সে আমার বাড়িতে লোক পাঠিয়ে আমার বর্তমান পরিস্থিতির সংবাদ দিয়েছে। হয়তো খুব শীঘ্রই আমার বাড়ির লোক আসবে আমার সাথে দেখা করতে। খবরটা শুনে মন আমার আনন্দে ভোরে গেলো। আসিফ রাতে চলে যাওয়ার পর আমি লিলিকে জিজ্ঞাসা করি ,যদি আমার বাড়ির লোক আমাদের বাড়িতে নিয়ে যেতে চায়? সে বললো "নিয়ে যেতে চাইলে যাবো। ওটাইতো আমার বাড়ি। "আমি বললাম -"আর তোমার চাকরী?" সে অবলীলাক্রমে বলে -"বিয়ে যখন বাঙালিবাবুর সাথে করেছি ,তখন তো বাংলায় যেতেই হবে। আর চাকরী না থাকলেই বা কি ,আমি আমার একটা পরিবার তো পাবো!"

বুঝলাম সে চাকরী ছাড়ার মানসিক প্রস্তুতি নিয়ে নিয়েছে। আর কত ত্যাগ যে ও আমার জন্য স্বীকার করবে! মনে মনে ভাবলাম,ঠাকুর আমার সর্বস্ব নিয়ে নিলেও এমন একটা মেয়েকে আমার জীবনে

পাঠিয়েছেন যে হয়তো আমার জীবনের সমস্ত যন্ত্রণাকে ভুলিয়ে দেবে তার নিজস্ব গুণে।

লিলির হাত ধরে বলেই ফেললাম যে আমার জন্য তুমি আর কত কি করবে?মনে হলো সে খানিকটা আনমনা হয়ে বললো -" তুমি যা কিছু হারিয়েছো চেষ্টা করবো তার সবটা ফিরিয়ে দিতে। শুধু তুমি আমার পাশে থেকো। আমার হাত কোনোদিন ছেড়ে দিওনা।

"দাদা"--হঠাৎ একদিন এই ডাকটায় চমকে উঠলাম। ভাই?এটা তো ভাইয়েরই গলার আওয়াজ। ছুটে এসে সে আমাকে জড়িয়ে ধরে। বলে,এইতো এসে গেছি দাদা। আমার সাথে দুই জামাইবাবুও এসেছেন। লিলি তখন বাড়িতে ছিলনা, কাজে বেরিয়েছিল। নবীন সবাইকে বসতে দিয়ে চা ও জলখাবারের ব্যবস্থা করলো। আমিও অনেকদিন পর বাড়ির লোক পেয়ে গল্পে মশগুল হয়ে গেলাম। প্রথমেই বাবা -মা সহ বাড়ির সকলের কুশল সংবাদ জিজ্ঞাসা করলাম। ভাই বললো ,রেল দুর্ঘটনার সংবাদ পেয়েও বাবা-মা কোনদিন বিশ্বাসই করেনি যে আমি বেঁচে নেই। সবসময় তারা বলতো একদিন আমি নিশ্চই তাদের কাছে ফিরবো। কাজেই আমি যে জীবিত এই খবর পাওয়ার পরে তারা এতটুকুও আশ্চর্য প্রকাশ করেনি।

ভাই ও জামাইবাবুরা আমাকে নিয়ে ফিরবে এমনই মনস্থির করে এসেছিলো। আমি যাওয়ার দিন স্থির

করলেই তারা ট্রেনের টিকেট কাটবে। আমার স্মৃতিশক্তি চলে গিয়েছিলো এবং আমার দৃষ্টিশক্তি এখনো ফেরেনি এই ব্যাপারটা নিয়ে তাদের মধ্যে কোনো কৌতূহল বা উদ্বিগ্নতা বোঝা গেলোনা। বুঝতে পারলাম ,লিলি আগের থেকেই সবকিছু জানিয়ে রেখেছে তাই তারা এতটা স্বাভাবিক ব্যবহার করছে। কিন্তু তারা তো একবারও লিলির টিকেট কাটার কথা বললো না!তাহলে কি লিলি আমাদের বিয়ের বিষয়ে বাড়িতে কিছু জানায়নি?

"আমি বিবাহিত,লিলি আমার স্ত্রী। আমাকে বাড়ি যেতে হলে লিলিকে সঙ্গে নিয়ে যেতে হবে "- এই কথা বলামাত্র কয়েক মুহূর্তের জন্য ঘরের মধ্যে নিস্তব্ধতা অনুভব করলাম। বড় জামাইবাবু জিজ্ঞাসা করলেন "লিলি কে?" বললাম -যে লোক মারফত তোমাদের কাছে আমার সমস্ত খবর পাঠিয়েছিল ,সেই হলো আমার স্ত্রী লিলি। ট্রেন দুর্ঘটনার পর ডাক্তারবাবু ও লিলি কীভাবে এখানে এনে বিনা খরচে আমার চিকিৎসা ও শুশ্রূষা করে আমাকে সুস্থ করে তোলে সেই সমস্ত ঘটনা একে একে তাদেরকে বলি। মেজো জামাইবাবু বললেন ,-"কিন্তু তাকে তো এখনো দেখলামনা । কোথায় সে?" বলতে বলতেই লিলি ঘরে ঢুকলো। আমি ওর পরিচয় সবার সাথে করিয়ে দিলাম আর মনে মনে ভাবলাম "একশো বছর আয়ু তোমার লিলি !" লিলি ও নবীনের তত্ত্বাবধানে রাতে পঞ্চব্যঞ্জন

সহ সকলের খাওয়া-দাওয়া হলো যদিও দুপুরের খাওয়ার ব্যবস্থা শুধু নবীনকেই করতে হয়েছিল।

রাতের খাবারের পরে সকলে আমরা আলোচনায় বসলাম বাড়ি ফেরা নিয়ে। লিলি জানালো যে গ্রামের স্বাস্থ্যকেন্দ্রে আরেকজন নার্স আসতে এখনো দিন সাতেক লাগবে। সে আসলে তাকে সব দায়িত্ব বুঝিয়ে দিতেও কয়েকদিন লাগবে। মোটামুটি সে দুই সপ্তাহ পরেই যেতে পারবে। লিলির কথামতো আমাদের যাওয়ার দিন দুই সপ্তাহ পরেই স্থির হলো। ভাই আমাদের সঙ্গে করে নিয়ে যাওয়ার জন্য থেকে গেলো আর দুই জামাইবাবু বাড়ি ফিরে গেলো।

ক্রমে বাড়ি ফেরার দিন এগিয়ে এলো। মনে একটা মিশ্র অনুভূতির সৃষ্টি হয়েছিল- আনন্দ এবং কষ্টের। বাড়ি ফেরার আনন্দের সাথে সাথে এই একদা অপরিচিত জায়গাটা ছেড়ে যাওয়ার কষ্টও হচ্ছিলো। এই গ্রামের লোকজন,ডাক্তারবাবু সবাই এই অপরিচিত মানুষটির জন্য যা করলো বোধকরি শহরে পরিচিত লোকেদের জন্যও লোকেরা এতটা করেনা। এই গ্রাম ও গ্রামের মানুষদের চোখে না দেখলেও তাদের সঙ্গে কেমন যেন একটা আত্মীয়তার সম্পর্ক গড়ে উঠেছিল। নবীনতো কথা বলতে বলতে প্রায়ই কেঁদে ফেলে। আমি তাকে বলেছিলাম আমার সাথে

যেতে কিন্তু সে তার গ্রাম ছেড়ে কোথাও যেতে চাইলনা। গ্রামের লোকেরা কয়েকজন করে রোজই প্রায় এসে দেখা করে যায়।

লিলির মানসিক অবস্থাটাও আমি বুঝতে পারি। তাকে নিয়ে একদিন তার মামাবাড়ীতে যাই। যতই হোক, তার তো এখানেই বেড়ে ওঠা! কত স্মৃতি! লিলির মামা-মামীরও মনে হয় আমাদের বাড়ি ফেরার কথা জানায় মন কিছুটা নরম হয়েছিল। ফেরার সময় তাদের গলাও কান্নাভেজা মনে হয়েছিল। বাড়িতে গরু-ছাগল পুষলেও তো তাদের প্রতি একটা মায়া জন্মায় আর লিলির সঙ্গে তো তাদের রক্তের সম্পর্ক আছে।

বাড়ি ফেরার দিন সকালে স্টেশনে লোকে লোকারণ্য হয়ে যায় আমাদের বিদায় জানানোর জন্য। তাদের আন্তরিকতায় আমাদেরও চোখে জল চলে আসে। ট্রেন সঠিক সময়মতো স্টেশন ছেড়ে দিলো। আমরা দিল্লী হয়ে কলকাতায় যাবো। জীবনের আরও একটা অধ্যায় সমাপ্ত হলো।

বাড়ি পৌঁছতে প্রায় তিনদিন লাগলো। দিল্লীতে আমরা একরাত থেকেছিলাম। পুরো ট্রেনের সফরটাতেই আমার খুব ভয় করছিলো। কিছুতেই ঘুম আসছিলোনা, মাঝে মাঝেই চিৎকার করে উঠছিলাম ঘুমের মধ্যেই। ট্রেন দুর্ঘটনার প্রভাব আমার অবচেতন মনেও গভীরভাবেই পড়েছিল। অবশেষে,লম্বা সফরের পরে আমরা বাড়িতে এসে উপস্থিত হলাম।

লিলি আমার হাতটা ধরেছিলো শক্ত করে, মনে হচ্ছিলো খুব নার্ভাস। আমি ওর হাতের উপর আমার হাতটা রেখে বললাম-"ভয় কি! আমি তো আছি।" মনে মনে ভাবলাম যার সাহায্য ছাড়া একপাও চলতে পারিনা, আমি কিনা তাকেই নির্ভয় প্রদান করছি? পুরুষ মানুষ হিসাবে জন্মেছিতো , আমাদের প্রতিপালনের মধ্যে দিয়েই সমাজ ও পরিবার আমাদের শিখিয়ে দেয় যে আমরাই নারীদের একমাত্র রক্ষাকর্তা। এমনকি নারীরাও এই একই ধারণা নিয়েই বেড়ে ওঠে। তাই আমার আশ্বাস শুনে প্রতিবাদ তো দূর লিলি বোধ করি কিছুটা আশ্বস্তই হলো।

জামাইবাবুরা আগের থেকেই বাড়িতে জানিয়ে দিয়েছিলো যে আমি বিয়ে করেছি এবং সস্ত্রীক বাড়িতে ফিরছি। মা ও দিদিরা সেইমতো

প্রস্তুত হয়েই ছিল। সদর দরজা খুলে আমাকে ও লিলিকে বরণ করে গৃহপ্রবেশ করানো হলো। এতদিন পর মাকে কাছে পেয়ে জড়িয়ে ধরে বাচ্চাদের মতো কাঁদতে লাগলাম। আমাকে ফিরে পাওয়ার আনন্দ যেন মা-বাবার চোখের জলের মধ্যে দিয়ে প্রকাশিত হতে লাগলো। কারোরই আর চোখের জলপ্রবাহের উপর সংযম রইলোনা। বাড়িতে ফেরার পর তো কয়েকদিন সবার সাথে গল্প করেই কেটে গেলো। সে যেন কতদিনের গল্প,আর ফুরোয়ই না। দিদিরা নিজেদের বাড়িতে ফিরে যাওয়ার পর বাড়িতে রইলাম আমি,মা,বাবা,ভাই ও লিলি।

        ভাই তখন কলেজের ফাইনাল ইয়ার এর ছাত্র। পড়াশুনার প্রচুর চাপ। বাবা-মা লিলির সাথে খুব একটা কথা বলেনা কারণ কেউই কারো ভাষা বোঝেনা। আমিও এতদিন পরে বাড়িতে আসায় বেশীরভাগ সময়ই বাবা- মায়ের সাথে গল্প করেই কেটে যায়। লিলি খুব নিঃসঙ্গ হয়ে পড়ে। এখন তো সে আর চাকরীও করেনা। কাজেই সারাদিন বাড়িতে যে টুকটাক কাজ থাকে করে আর বাকি সময়টা তার একাকীত্বেই কাটে। আবার আমি তাকে সময় বেশি দিতে চাইলেও সে বলে অনেকদিন পর বাবা-মায়ের কাছে এসেছো ,তাদের সঙ্গে একটু বেশি সময় কাটাও। পাড়া প্রতিবেশী দিদি বৌদিরাও বাড়িতে আসে নতুন বৌয়ের সাথে আলাপ পরিচয় করতে কিন্তু সেখানেও সেই একই বাঁধা - "ভাষা"।

একদিন রাতে শুয়ে লিলির মাথায় হাত রেখে বললাম,আমার যেন নিজেকে বড় অপরাধী মনে হয়। তোমাকে বিয়ে করে ,চাকরী ছাড়িয়ে নিজের বাড়িতে নিয়ে চলে এলাম। তুমি তো একেবারে একা হয়ে গেলে। আমার থেকে তুমি কি পেলে ?একটু মুচকি হেসে বললো ,এতো তাড়া কিসের? এখনো তো পাওয়ার সময় চলে যায়নি। তোমার কাছে একটা জিনিস চাইবো, দেবে? একটু বিষন্নতার সাথেই জিজ্ঞাসা করলাম -আমি তোমায় কি দিতে পারি শুনি? "একটা বাংলা পড়ানোর শিক্ষক -আমি বাংলা শিখতে চাই "এই ব্যবস্থাটা আমি করতে পারবো সে জানতো ,তাই হয়তো এটাই সে চেয়েছিলো। আমিও সানন্দে রাজি হয়ে গেলাম।

এক কছরের মধ্যেই লিলি সুন্দর বাংলা বলতে ,পড়তে এবং লিখতে শিখে গিয়েছিলো। বাংলা বলাতে একটু অবাঙালি টান ছিল বটে তবে তার কণ্ঠে বাংলা বড়োই মধুর লাগতো। অবশ্য ওর প্রতি ভালোবাসার টান এতটাই গভীর ছিল যে ওর সবকিছুই আমার ভালো লাগতো। অল্প সময়ের মধ্যেই সে আমাদের পরিবারের সবাইকে আপন করে নিয়েছিল। মা তো পুরো পুজোর দায়িত্ব তাকে দিয়ে দিয়েছিলো। প্রতি বৃহস্পতিবার সুর করে পাঁচালী পড়ে সে লক্ষ্মীপূজা

করতো। বাঙালিদের রীতি-রেওয়াজ ,খাওয়া -দাওয়া সবকিছুই সে মানিয়ে নিয়েছিল শুধু একটি খাবার ছাড়া। "মাছ "-সে একদমই খেতে পারতো না। মাছের ধরে কাছদিয়েও সে যেতনা। সবকিছু মিলিয়ে আনন্দেই আমাদের দিনগুলো কাটছিলো।

হঠাৎ একদিন সে আমার কাছে এসে বড় আহ্লাদ করে বললো -" তোমাকে আমি একটা কথা বলতে চাই। " তার গলাতে স্পষ্টতই আনন্দের ছাপ। বললো - "আমি মনে হয় মা হতে চলেছি আর তুমি বাবা। "সর্বনাশ!কথাটা শুনে তো আমার আনন্দ থেকে উৎকণ্ঠাই বেশি হলো। একেই বাবার ব্যবসা আর আমার পেনশন এর টাকায় সংসার চলে ,ভালোভাবেই চলে। কিন্তু একটা বাচ্চাকে পৃথিবীতে আনা তো অনেক বড় দায়িত্ব। তার তো শারীরিক ও মানসিক সকল দিকের বিকাশ দরকার। আমি অন্ধ ,আমিই তো লিলির উপর সম্পূর্ণ নির্ভরশীল। তার উপরে একটা বাচ্চার দায়িত্ব-সে কি করে একা সবকিছু সামলাবে? বাবা মায়েরও তো বয়স হচ্ছে !এইসব ভেবে লিলিকে একটু কঠোরভাবেই বললাম যে এই সন্তানকে আমি পৃথিবীতে আনতে পারবোনা।

কিছুক্ষন ঘর নিস্তব্ধ হয়েই রইলো। বোধকরি বিস্ময় এবং অভিমানে লিলি কিছুটা বাকরুদ্ধ হয়ে গেছিলো। তারপর সে দৃঢ় কণ্ঠে হঠাৎ বলে উঠলো যে সে এই সন্তানকে নিজের দায়িত্বেই পৃথিবীর আলো দেখাবে। এই প্রথম তাকে আমার কথার বিরুদ্ধাচারণ করতে দেখলাম। এরপর কয়েকদিন সে আমার সাথে কোনো কথা বলেনি। আমি অনেকবার বোঝানোর চেষ্টা করেছি ,রাগও করেছি কিন্তু সে আমার কথার কোনো উত্তর করেনি। শুধু নিজের সিদ্ধান্তে অনড় ছিল।

আমি কি সত্যিই খুব স্বার্থপর? শুধুই নিজের কথা ভাবছি?যে মেয়েটা এক অন্ধ লোককে ভালোবেসে ,তার জন্য সর্বস্য ত্যাগ করে, সম্পূর্ণ নতুন পরিবেশে ও নতুন লোকজনদের মধ্যে নিজেকে মানিয়ে নিয়েছে ; আমার জন্য জীবনের সবটুকুই দিয়ে দিলো, তার কি নিজস্ব চাওয়া-পাওয়া কিছুই থাকতে নেই ? হয়তো সন্তানকে আঁকড়ে ধরেই সে তার জীবনের না পাওয়াগুলোকে ভুলে থাকবে। আর কোন মেয়েই বা চায়না মা হতে ?

একদিন তার হাত ধরে কাছে ডেকে বলি -"লিলি আমাকে ক্ষমা করে দাও। আমি রাজি। দুজনে মিলেই আমরা আমাদের সন্তানকে বড় করবো ,নিজেদের ক্ষমতা অনুযায়ী। তুমি খুশি তো?" আমাকে জড়িয়ে

ধরে সে কাঁদতে থাকে। বলে , তুমি কি আমাকে এতটুকুও ভরসা করোনা ?আমি ওর মাথায় হাত বুলিয়ে বলি ,তুমি কেঁদোনা ,তোমার কান্নায় আমার যে বড় কষ্ট হয় লিলি। তোমাকে আমি কোনোদিন কিছু দিতে পারিনি আর পারবো কিনা জানিনা। ভগবানের কাছে শুধুই তোমার 'খুশি' প্রার্থনা করি। তোমাকে আমার খুব দেখতে ইচ্ছা করে লিলি। জানিনা এই সাধ আমার কোনোদিন পূরণ হবে কিনা। এক অদ্ভুত আত্মবিশ্বাসে সে বলে , 'নিশ্চয়ই' হবে।

বাড়ির সবাইকে সুখবরটি জানানো হলো। মা-বাবার তো আনন্দের শেষ নেই। বাড়িতে রোজই লিলির পছন্দ মতো রান্না হচ্ছে। মায়ের তো চিন্তা -মাছ না খেলে মেয়েটা পুষ্টি কি করে পাবে। অনেক বকাবকি করে শেষ পর্যন্ত লিলিকে ডিম খাওয়ানো হলো। ক্রমে ক্রমে গর্ভের পাঁচ ও সাত মাস অতিক্রান্ত হলো। সেইমতো সকল আচার অনুষ্ঠানও পালিত হলো। আমি চোখে দেখতে না পেলেও লিলির শারীরিক পরিবর্তন অনুভব করতে পারতাম। আমাদের সন্তানের নড়াচড়াও ছুঁয়ে অনুভব করতাম। মনটা এই ভেবে খারাপ হয়ে যেত যে আমার সন্তানকে চিরজীবন স্পর্শের মাধ্যমেই অনুভব করতে হবে , তাকে তো কোনোদিন দেখতেই পারবোনা। আবার ভাবতাম, কি হয়েছে? সে তো আমাকে দেখতে পাবে।

লিলি আমার যন্ত্রনাটা বুঝতে পারতো। সেও ভিতর ভিতর চেষ্টা চালিয়ে যাচ্ছিলো যদি এমন কোনো ডাক্তারের সন্ধান পায় যিনি কিনা আমার দৃষ্টিশক্তি ফিরিয়ে দিতে পারবে। ডাক্তারবাবুর সাথে সে নিয়মিতই যোগাযোগ রাখতো। ডাক্তারবাবুর কথামতো সে বিভিন্ন নামকরা চোখের ডাক্তারদের কাছে আমার রিপোর্টগুলো পাঠাতো।

একদিন হঠাৎ একটা চিঠি এলো - 'ডাক্তারবাবুর।' চিঠিটা পড়ে লিলির মনে আশার আলো দেখা দিলো। ডাক্তারবাবু লিখেছেন - ভিয়েনা থেকে একজন প্রখ্যাত আই-সার্জেন দিল্লীতে আসছেন। ডাক্তারবাবু আমার রিপোর্টগুলো তাঁকে পাঠিয়েছিলেন। তিনি আমার সমস্যাটা দেখার আগ্রহ প্রকাশ করেছেন এবং একবার চেষ্টা করতে চান অপারেশন করে দৃষ্টি ফেরানোর। লিলি একথা আমাকে এবং বাড়ির সবাইকে জানালো। বাড়ির সবার সিদ্ধান্তমতো আমার যাওয়ার দিন ঠিক হলো। লিলি আমার সঙ্গে যেতে চাইলো কিন্তু আমি ও বাড়ির লোকেরা তাকে বোঝালাম যে,এই অবস্থায় আমার সঙ্গে যাওয়াটা তার ও বাচ্চার কারোর পক্ষেই নিরাপদ নয়। বললাম,ডাক্তারবাবুও তো জানিয়েছেন যে তিনি দিল্লী

যাবেন আমার পাশে থাকার জন্য। এই কথায় লিলি বাড়িতে থাকতে রাজি হলো।

ক্রমে আমার যাওয়ার দিন এগিয়ে এলো। আমার কেমন যেন একটা মিশ্র অনুভূতি হচ্ছিল। লিলিকে এই অবস্থায় একা ফেলে রেখে যেতে ইচ্ছা করছেনা। জানি বাবা-মা আছেন তবুও এই সময় স্বামীর পাশে থাকাটা খুব জরুরি। ভিয়েনা থেকে যে ডাক্তারবাবু এসেছেন তিনি যদি অপারেশন করে আমার দৃষ্টিশক্তি ফিরিয়ে দিতে পারেন তাহলে আমি আগের মতন সব দেখতে পাবো-আমার লিলিকে, মা-বাবাকে, আমাদের সন্তানকে সবাইকে। এই সুযোগটাকে যে হাতছাড়া করতেও মন চাইছেনা। তাছাড়া লিলির এতদিনের সব কষ্টও তো বিফলে যাবে। এইসব নানান কথা ভেবে নিজের মনকে তৈরী করতে থাকলাম।

        যাওয়ার দিন লিলি আমাকে জড়িয়ে খুব কাঁদছিলো। তাকে বললাম, " তুমিই তো এইসবের ব্যবস্থা করেছ, আমাকে যাওয়ার জন্য জোর করেছ। আর এখন তুমিই কাঁদছো?"ও বললো -"কেন জানিনা খুব ভয় হচ্ছে, যদি তোমাকে আর দেখতে না পাই ?"উচ্ছস্বরে হেসে বললাম-"আমার তো চোখের অপারেশন। এতে তো জীবনের কোনো ঝুঁকি নেই। হয় দৃষ্টিশক্তি ফিরে পাবো না হয় পাবোনা। কিন্তু তুমি

তো আমায় দেখতেই পাবে ,আমি তোমায় দেখতে পেতেও পারি আবার নাও পেতে পারি।"কথাগুলো এক ভেবে বললাম আর ভগবান বোধ করি অন্য মানে ধরে নিলো। আমি বাড়ির সকলের থেকে বিদায় নিয়ে দিল্লীর উদ্দেশ্যে রওনা দিলাম, সঙ্গে ভাই।

জমাইবাবুদের এই কয়েকদিন আমাদের বাড়িতেই থাকার অনুরোধ করেছিলাম । যেকোনো মুহূর্তে লিলির প্রসবযন্ত্রণা শুরু হয়ে যেতে পারে। বাবার পক্ষে সবকিছু গুছিয়ে ঠিকমতো নার্সিংহোমে নিয়ে যাওয়া হয়তো সম্ভব হবেনা। বাড়িতে তো আর কেউ ই নেই। ছোটজামাইবাবুর একটি বিশেষ কাজ এসে যাওয়ায় তিনি থাকতে পারলেননা ,তবে বললেন প্রয়োজন হলেই ওনাকে খবর পাঠাতে। উনি সঙ্গে সঙ্গেই এসে পড়বেন। বড়জামাইবাবু থাকাতে কিছুটা আশ্বস্ত হয়েছিলাম। লিলি বলেছিলো -" এত চিন্তা কেন করছ? এখনো তো প্রসবের নির্ধারিত দিন আসতে কিছুদিন বাকি আছে , তার মধ্যে তুমি নিশ্চই চলে আসবে। "

আমরা ট্রেন এ করে দিল্লীতে পৌঁছালাম। লিলির অভাব খুব অনুভব করেছি। ভাই যদিও আমার প্রয়োজনীয় সবকিছুরই খেয়াল রেখেছিলো তবুও যেন মনে হচ্ছিলো যে বিয়ের পর স্বামীর খেয়াল স্ত্রীয়ের মতো কেউ রাখতে পারেনা।

লিলি যেন না বলতেই আমার প্রয়োজনীয়তা সব বুঝে যেত। ভাবলাম, এবার যদি ভগবানের কৃপায় দৃষ্টিশক্তি ফিরে পাই তাহলে লিলির সকল প্রয়োজনীয়তার খেয়াল আমি রাখবো। বাচ্চার কাজ দুইজনে মিলেই ভাগ করে নেব। প্রথমবার লিলিকে দেখবো! অন্ধকারে তার উপস্থিতি অনুভব করেছি মাত্র, এবার দুচোখ দিয়ে আলোতে তাকে দেখব। হে ভগবান ! তুমি কি এতো দয়া আমাকে করবে? ভেবেছিলাম যদি কোনোদিন দৃষ্টিশক্তি ফিরে পাই তাহলে লিলিকেই প্রথমে দেখার ইচ্ছাপ্রকাশ করবো। কিন্তু পরিস্থিতির চাপে তা-তো আর হবেনা ! এইসব কথাই মনের মধ্যে ঘুরপাক খাচ্ছিলো।

ডাক্তারবাবুও কিছুক্ষন আগেই দিল্লীতে পৌঁছে গিয়েছিলেন। আমরা পূর্বনির্ধারিত হোটেলে উঠলাম। ঠিক হলো, পরেরদিনই ডাক্তারবাবু আমাদের সেই বিদেশী চিকিৎসকের কাছে নিয়ে যাবেন। সেই দিনটা হোটেলে কাটিয়ে পরেরদিন ভোরবেলায় হাসপাতালের উদ্দেশ্যে রওনা হলাম। দিল্লীর AIIMS এ একটি সেমিনারে দেশ-বিদেশের বিভিন্ন ডাক্তাররা এসেছেন। আমাদের ডাক্তারবাবুর উদ্যোগ ও সহযোগীতায় আমার এখানে দেখানোর সুযোগ এসেছে। ডাক্তারবাবু ও লিলির কাছে আমার ঋণের কোনো শেষ নেই। মাঝে মাঝে লিলির জন্য মনটা যেন উতলা হয়ে উঠছিলো। তখন ১৯৯৭ সাল,প্রায়

বছর দুই হতে গেলো আমার ট্রেন দুর্ঘটনার। এখনকার মতো এতো মোবাইল ফোনের আধিক্য ছিলোনা, তাই খবরাখবর বেশীরভাগ ক্ষেত্রেই চিঠি বা টেলিফোন মারফৎই   হতো। আমাদের বাড়িতে তখন নতুন টেলিফোন এসেছে ,তাই আমি টেলিফোন বুথ থেকে প্রায় প্রতিদিনই লিলির সঙ্গে কথা বলতাম।

        AIIMS এ হওয়া কয়েকটা পরীক্ষার রিপোর্ট এর ভিত্তিতে আলোচনা করে ডাক্তারবাবুরা বলেন, আমার আকসিডেন্টের জন্য মস্তিষ্ক ছাড়াও চোখেও চোট লেগেছিলো। সময়ের সাথে সাথে কিছুটা ক্ষত সেরেছে। ওনারা একটা অপারেশন করতে চান ,৫০ শতাংশ সুযোগ আছে দৃষ্টিশক্তি ফিরে পাওয়ার। কিন্তু অপেরেশনের আগে এক সপ্তাহ আর পরে দুই সপ্তাহ আমাকে চোখের কিছু ব্যায়াম করতে হবে। আমরা নির্দ্বিধায় রাজি হয়ে গেলাম। হাপাতালের জুনিয়র ডাক্তাররা সার্জারির আগের ব্যায়ামগুলো দেখিয়ে দিলেন যেগুলো আমি বাড়িতেই করতে পারবো। কিন্তু সার্জারির পরের ব্যায়ামগুলো হাসপাতালে থেকে বা হাসপাতালে এসেই করতে হবে। বোঝাগেল মোটামুটি একমাস আমাকে দিল্লীতে থেকে যেতে হবে। হয়তো লিলির ডেলিভারিও ততদিনে হয়ে যাবে। কিন্তু আমি আমার সন্তানকে দেখতে পাবো কিনা তা ভাগ্য এবং ভগবানের উপরেই ছেড়ে দিলাম।

অবশেষে আমার অপারেশন এর দিন এসে গেলো। আগের দিন হাসপাতালে ভর্তি হলাম ;বাবা-মা ,লিলি সবার সাথেই কথা হলো। সবাই ভালো আছে শুনে আশ্বস্ত হলাম। বিদেশী ডাক্তারবাবুদের একটা টীম আমার অপারেশন করবে। এতো নামী নামী সব ডাক্তার -মনে মনে যেন আশার আলো দেখতে পাচ্ছিলাম। যথাসময়ে আমার অস্ত্রোপাচার হলো এবং তা সফল ও হলো। কিন্তু চোখের ব্যান্ডেজ আরও কয়েকদিন পর খোলা হবে। ডাক্তারবাবুরা বলে দিলেন যে, যেকোনো রকমের উত্তেজনাই আমার পক্ষে ক্ষতিকর। তাই বাড়ির কারো সাথে আমার কোনো কথাও হয়নি। ভাইয়ের কাছেই ওদের খবর নিতাম। চারদিন পর আমার চোখের ব্যান্ডেজ খোলার দিন।

যতই নিজেকে স্বাভাবিক রাখার চেষ্টা করিনা কেন একটা উৎকণ্ঠা যেন বারবারই চলে আসছিলো মনে-কী জানি,আমার চোখ ঠিক হয়েছে তো?আমি দেখতে পাবো তো আবার আগের মতন?AIIMS এর ডাক্তারবাবুরা আমাকে বলেই দিয়েছিলেন যে,শুরুতে যদি সবকিছু ঝাপ্সাও দেখি তাহলেও চিন্তার কোনো কারণ নেই। চোখের ব্যায়ামগুলো করার পর ধীরে ধীরে আমার দৃষ্টিও স্পষ্ট হবে।

ব্যাণ্ডেজ খোলার পর আস্তে আস্তে যখন চোখ খুললাম তখন সত্যিই সবকিছু যেন অস্পষ্ট দেখছিলাম। ভাইকে দেখলাম- অনেকদিন পর হলেও ভাইয়ের মুখটা আমি ভুলিনি। অস্পষ্ট হলেও আমার বুঝতে অসুবিধা হচ্ছিলোনা যে ওটা আমার ভাই। ভাইয়ের পাশে উনি কে?আমি কেমন আছি হিন্দিতে জিজ্ঞাসা করলেন। গলা শুনেই বলে উঠলাম "ডাক্তারবাবু"। আমার জীবনদাতা ডাক্তারবাবু ,যাঁকে ছেড়ে আমি বাড়ি চলে গেলেও তিনি আমাকে ছাড়তে পারেননি। লিলি যে ওনার বড় প্রিয়! আমাকে চারপাশে ঘিরে থাকা হাসপাতালের ডাক্তারবাবুরা ও নার্সরাও বেশ খুশি হলো। ওনারা যেমন ভেবেছিলেন তেমনি হয়েছে-আমার দৃষ্টি অস্পষ্ট হলেও আমি দেখতে পারছি আর বাকিটা চোখের ব্যায়ামের সাহায্যেই ঠিক হয়ে যাবে। ডাক্তারবাবুকে দেখতে পেয়ে আমার মনে অদ্ভুত একটা আনন্দের অনুভূতি হলো। পৃথিবীতে ভগবান তো এঁনারা। নিজের ভগবানকে চাক্ষুষ দেখতে পাওয়া যে সত্যিই সৌভাগ্যের। আমার জীবনের আরেক ভগবানকে দেখার জন্যও মনটা উদগ্রীব হয়ে গেলো- সে আর কেউ নয়,আমার স্ত্রী লিলি।

এতকিছুর মধ্যে হঠাৎ মনে হলো ডাক্তারবাবু আর ভাই যেন ততটা খুশি বা উচ্ছাসিত নয় যতটা হওয়ার কথা। আমি সবকিছু স্পষ্ট দেখতে পারছিনা বলেই কি?কিন্তু ডাক্তাররা তো

এমনটাই হবে বলেছিলেন। বাড়িতে-----বাড়িতে সবাই ঠিক আছে তো ?ভাইকে লিলির কথা জিজ্ঞাসা করতেই বললো যে আজ সকালেই আমার একটা কন্যা সন্তানের জন্ম হয়েছে ,বাচ্চা সুস্থ আছে। লিলি কেমন আছে জিজ্ঞাসা করাতেই ভাই যেন প্রসঙ্গ ঘুরিয়ে দিলো। ডাক্তারবাবুও বললেন এখন বেশি কথা না বলতে এবং বললেন আজই তিনি মাহাবীরনগর ফিরে যাবেন। ওখানে অসুস্থ লোকেরা ওনার জন্য অপেক্ষা করছে। ভাইও সেইদিনের মতন বিদায় নিলো,বললো পরেরদিন আবার দেখা করতে আসবে। আমিও আস্তে আস্তে চোখ বন্ধ করে ঘুমিয়ে পড়লাম।

হাসপাতালে থেকে আস্তে আস্তে আমার দৃষ্টি স্পষ্ট হতে লাগলো। ভাই রোজই আসতো কিন্তু লিলির কথা জিজ্ঞাসা করলেই কথা ঘুরিয়ে দিতো। আমার বাচ্চার কথা ,বাবা মা সবার কথা বলতো। কেন জানিনা মনে হতো সে যেন জোর করে খুশির অভিনয় করছে। আবার ভাবতাম হয়তো আমারই বোঝার ভুল। কেন জানিনা,লিলির জন্য আমার মনটা খুব বিচলিত হয়ে যেত। কয়েকদিন পরে আমাকে হাসপাতাল থেকে ছেড়ে দেওয়া হলো। সেই দিনই আমাদের বাড়ি ফেরার জন্য ট্রেনে চাপা। ট্রেন লেট করাতে পরেরদিন কলকাতায় পৌঁছাতে বেশ রাত হয়ে গেছিলো। আমি আর ভাই শিয়ালদা স্টেশনের কাছেই একটি হোটেলে রাতটা কাটানোর সিদ্ধান্ত

নিলাম। পরের দিন ভোরেই কৃষ্ণনগর এর উদেশ্যে রওনা হলাম।

মনের মধ্যে অদ্ভুত এক বিচলিত ভাবের উদ্ভব হচ্ছিলো। আমি প্রথমবার লিলিকে দেখে চিনতে পারবো তো? মনে মনে কিছুটা অভিমানও হলো - সেই কবে আমার অপারেশনের আগে আমার সাথে ও কথা বলেছিল! তারপর এতগুলো দিন কেটে গেলো - সে তো একবারও আমার সাথে কথা বললো না! বাচ্চা নিয়ে কি ও এতই ব্যস্ত? বাচ্চার কথা মনে আসতেই আমার মনটাও আনন্দে ভরে গেলো। আমার মেয়ে সত্যিই আমার জন্য সৌভাগ্য এনেছে। তার জন্ম হলো আর আমিও আমার দৃষ্টিশক্তি ফিরে পেলাম। কোনোদিন আমার মেয়েকে আমি এতটুকুও কষ্ট পেতে দেবোনা। আমার বাবা-মায়ের কথাও মনে হতে লাগলো। আমি বাবা হয়েছি, নিজের সন্তানকে প্রথমবার দেখা, কোলে নেওয়া - এসবকিছুর অনুভূতি যেন একেবারেই আলাদা। আমার বাবা-মা যখন আমাকে দেখতে পায়নি, জানতে পারেনি আমি বেঁচে আছি কিনা, তখন যে তাদের কী দুঃসহ মানসিক যন্ত্রণার মধ্যে কেটেছে তা আজ অনুভব করতে পারছি।

এইসব ভাবতে ভাবতে হঠাৎ ভাইয়ের দিকে তাকালাম -ভাই কেন এতো অন্যমনস্ক ও বিষন্ন ? তিনবার ডাকার পর ভাই সম্বিৎ ফিরে পেলো। তাকে তার বিষন্নতার কারণ জিজ্ঞাসা করতে সে হাসিমুখে এড়িয়ে গেলো। আমিও আর জোর করলামনা-এই বয়েসে বিষন্নতার অনেক কারণই থাকতে পারে। তার ব্যক্তিগত ব্যাপারে আমার উৎসাহ প্রকাশ না করাই ভালো। সুখবর হলে এমনিই জানতে পারবো। এই ভেবে মনে মনে একটু হাসলাম।

অবশেষে কৃষ্ণনগরে এসে পৌঁছালাম। সেই পুরোনো গলি,রাস্তাঘাট ,দোকানপাঠ সব আবার দেখতে পেয়ে মনটা খুশিতে ভরে গেলো। বাড়ির কাছাকাছি আসতেই দূর থেকে একটি সাদা ফুল দিয়ে সাজানো সাদা কাপড়ের প্যান্ডেল দেখতে পেলাম। এতো শ্রাদ্ধবাড়ির প্যান্ডেল ! ভাইকে জিজ্ঞাসা করলাম এখানে আবার কে মারা গেলেন রে? কাছে গিয়ে দেখলাম এটাতো আমাদেরই বাড়ি! বুকের ভিতরটা যেন ঠান্ডা হয়ে যাচ্ছিলো। গাড়ির মধ্যেই ভাইকে ধাক্কা দিয়ে বললাম -"ভাই! বাবা না মা? কার এমন হলো ?আমাকে বলিসনি কেন ?"হাউ হাউ করে বাচ্চাদের মতো কেঁদে উঠলাম। ভাইও আর নিজেকে ধরে রাখতে পারলোনা। আমাকে জড়িয়ে ধরে সেও কাঁদতে লাগলো। ইতিমধ্যে দিদি-জামাইবাবুরা এসে আমাদের গাড়ি থেকে নামিয়ে ,লোক দিয়ে আমাদের জিনিসপত্র বাড়ির ভিতরে পাঠিয়ে দিলো। আমি

এসেছি শুনে বাবা-মাও ছুটে এসে আমাকে জড়িয়ে ধরলো। এতদিন পর তাদের দেখতে পেয়ে কয়েক মুহূর্তের জন্য সব ভুলে গেলাম। হঠাৎ মনে হলো ,বাবা-মা তো বেঁচে আছেন ; তাহলে কে? ছুটে বাড়ির দিকে যেতেই দেখি উঠানে ঠাকুরমশাই শ্রাদ্ধাদির জোগাড় করছেন আর সামনে ফুলের মালায় সজ্জিত এক সুন্দরী ভদ্রমহিলার বাঁধানো ছবি।

বুকের ভিতরটা ধড়াস করে উঠলো! হে ভগবান,আমার মনে যে কথা আসছে সেটা যেন ভুল হয় -----ভুল হয় ----ভুল হয়। চোখ ছাপিয়ে আমার জল চলে আসছে। সামনে ছোড়দি দাঁড়িয়েছিল , জিজ্ঞাসা করলাম, ছোড়দি ইনি কে ? কথায় আছে 'বৃথা আশা মরিয়া মরিয়াও মরেনা'। সাধারণ যুক্তিতে মনে যে কথা আসছে , সেটা ভুল - এটা শোনার এক ক্ষীণ আশা এখনো মনের মধ্যে উঁকি দিচ্ছে। ছোড়দির ঠোঁট কেঁপে উঠলো ,যেন ওর বলতে কষ্ট হচ্ছে। আর আমি মনে মনে বিড়বিড় করছি - ছোড়দি বল এটা লিলি না, অন্য কেউ ----অন্য কেউ ----অন্য কেউ।

কিন্তু যেটা শুনতে চাইছিলামনা,ছোড়দি সেটাই শোনালো। অবাক দৃষ্টিতে ফোটোটার দিকেই তাকিয়ে রইলাম। এই আমার লিলি ! আমার জীবনের হারিয়ে যাওয়া সবকিছু ফিরিয়ে দিয়ে নিজেকেই সরিয়ে

নিলো। আমার তো ওকে ফটোতে দেখার কথা ছিলোনা। দৃষ্টি ফিরে পাওয়ার পর ওর জন্য কত কি করবো ভেবেছিলাম। ও আমাকে ঋণীই রেখে গেল। আমার থেকে কিচ্ছুটি নিলোনা। ট্রেন দুর্ঘটনার পর জ্ঞান ফেরার পর থেকে যতগুলো মুহূর্ত ওর সঙ্গে কাটিয়েছি সব যেন চোখের সামনে ভেসে উঠতে লাগলো। বড় অভিমান হলো ভগবানের উপরেও। মনে মনে বললাম , হে বিধাতা ! যদি আমায় কিছু দেওয়ার পরিবর্তে কিছু নেওয়ারই ছিল ,তাহলে আমার দৃষ্টিশক্তি ফিরিয়ে দিলে কেন ?আমি তো অন্ধ হিসাবে বেঁচে থাকার অভ্যাসই করে নিয়েছিলাম কিন্তু আমার লিলিকে তো বাঁচিয়ে রাখতে।

       হঠাৎ কার যেন একটা হাত আমার কাঁধের উপর পড়লো। আচমকা সম্বিত ফিরে পিছনে তাকাতেই দেখলাম এক ভদ্রলোক। গলার আওয়াজে বুঝলাম ,ডাক্তারবাবু। চোখ অপেরেশনের পরে যেদিন আমার চোখ খুললো সেদিন ওনাকে খুবই অস্পষ্ট দেখেছিলাম, তাই দেখে চিনতে পারিনি। ডাক্তারবাবুকে জড়িয়ে ধরে অঝোরে কাঁদতে লাগলাম। ডাক্তারবাবুও কাঁদতে লাগলেন। লিলি ওনার সন্তানসম,ওর চলে যাওয়াটা ডাক্তারবাবুও মেনে নিতে পারেননি। ঠাকুরমশাই আমাকে স্নান করে নতুন জামাকাপড় পড়ে আসতে বললেন ,পারলৌকিক কাজের জন্য আমাকে যে পুজোয় বসতে হবে ! আমার যেন হাত-পা চলছিলনা। সবাই মিলেই বলাতে

স্নান সেরে নতুন বস্ত্র পরে শ্রাদ্ধের পুজোয় বসলাম। ঠাকুরমশাই কি মন্ত্র পড়লেন ,আমি কি মন্ত্রের পুনরাবৃত্তি করলাম কিছুই জানিনা;শুধু লিলির ছবির দিকেই তাকিয়ে রইলাম আর অঝোরে চোখের জল ঝরতে লাগলো।

শ্রাদ্ধাদি সম্পন্ন হওয়ার পর ঘরের দিকে যেতে হঠাৎ একটা কান্নার আওয়াজ শুনতে পাই। ভাবলাম এটাই নিশ্চই আমার আর লিলির সন্তান। ঘরের ভিতরে যাবো বলে পা বাড়িয়েছি অমনি শুনতে পেলাম কোনো এক আত্মীয়ার গলা -"কেমন মেয়ে ! জন্মের সময়ই মা কে খেয়ে নিলো,মায়ের মুখও দেখলোনা"। কথাটা শোনামাত্র আমার পা আর এগোলোনা। ভাবলাম,এই সন্তানই কি তাহলে আমার থেকে লিলিকে কেড়ে নিল ? আজ ,ও আছে বলেই কি লিলি নেই ?আমার সকল রাগ ও দুঃখ যেন ওই ছোট্ট শিশুটির উপর পড়লো। পিতৃস্নেহ তো দূরের কথা ,মেয়ের মুখও আমি দেখলাম না। চলে গেলাম সোজা নিজের শোয়ার ঘরে। এই ঘরে যেন শুধুই লিলির স্মৃতি। এখনো তার ব্যবহার করা জিনিস সব গুছিয়ে রাখা। আমাকে যেন কেউ বিরক্ত না করে ,এই বলে ঘরের দরজা আটকে দিলাম।

তারপর দুইদিন বাড়িতে ছিলাম,নিয়মভঙ্গ হওয়া পর্যন্ত। এই দুইদিনে কারো সাথে কোনো কথা বলিনি শুধু ঘরের মধ্যে বসে আমার স্ত্রীর সাথে কাটানো স্মৃতিগুলির রোমন্থন করেছি আর তার জীবন্ত অবয়বকে খোঁজার চেষ্টা করেছি। কিন্তু কোথায় সে ?কোথায় কোন জগতে ও চলে গেলো?এতো তাড়াতাড়ি কি সে সবকিছু ভুলে যাবে ?আমার যে দৃষ্টিশক্তি ফিরে এসেছে সেটা দেখারও কি ইচ্ছা ওর হয়না? অবশেষে স্থির করলাম এই বাড়িতে আমি আর থাকবোনা। এই বাড়ি আর ওই মেয়ে সবসময় আমায় লিলির মৃত্যুকে মনে করাবে। তাই ব্যাগপত্র গুছিয়ে বাবা ,মা ও সকলের থেকে বিদায় নিয়ে বাড়ি ছাড়লাম। বাবা-মা সহ সকলেই অনেক বোঝানোর চেষ্টা করেছিল কিন্তু আমার মনটাই যেন উঠে গেছিলো এই জায়গা থেকে।

মা বলেছিল,মেয়েটার মুখটাও একবার দেখলিনা বাবা ?মাথা নাড়িয়ে "না" বলেছিলাম। বাবা জিজ্ঞাসা করেছিল আমি কোথায় যাবো? বলেছিলাম জানিনা ,তবে পরে চিঠিতে ঠিকানা পাঠিয়ে দেব। তবে এই কথাও বলেছিলাম, আমি না চাইলেও মেয়েটি আমার সন্তান। তার ভরণ-পোষণের জন্য যা টাকা পয়সা লাগবে আমি পাঠিয়ে দেব। তবে ওকে তোমরাই মানুষ করো ,পিতৃপরিচয় দেওয়ার কোনো প্রয়োজন নেই আর আমার কাছে নিয়ে যাওয়ারও কোনো দরকার নেই। মা কেঁদে বলেছিল "

এই সদ্যজাত ফুটফুটে শিশুর কি দোষ রে? এর উপর তোর এতো বিতৃষ্ণা "?

মা'র দিকে একটু তাকিয়ে কোনো উত্তর না দিয়ে বেড়িয়ে চলে এলাম। আর পিছনে ফিরে তাকাইনি,কোনোদিন বাড়িতে যাইওনি। শুধু লিলির একটা ফটো নিয়ে চলে এসেছিলাম। কৃষ্ণনগর থেকে ট্রেনে উঠে সোজা শিয়ালদহ।   কয়েকদিন একটা 'মেসে' কাটিয়ে রাজাবাজারের কাছে একটি বাড়ি ভাড়া নিই এবং প্রথমেই চিঠি লিখে ভাড়া বাড়ির ঠিকানা বাড়িতে পাঠিয়ে দিই। সেই থেকে বাবা-মা-ভাই-- বাড়ির সকলের সঙ্গে যোগাযোগ আমার চিঠির মাধ্যমেই। আমি আমার মেয়ের মুখ কোনোদিন দেখিনি ঠিকই কিন্তু তার ভরণ-পোষণের যাবতীয় খরচ প্রতি মাসে পাঠিয়ে দিতাম।

          আমি কলকাতায় কলেজ স্ট্রিটে একটি ছোট দোকানঘর ভাড়া নিয়ে বইয়ের ব্যবসা শুরু করি। আস্তে আস্তে ব্যবসা বড় হতে থাকে। আমি একটি পাবলিশিং কোম্পানি ও প্রিন্টিং প্রেস শুরু করি। ব্যবসা আমার ভালোই চলে। মাঝে কয়েকবার ভাই এসে ঘুরে গেছে। ভাইয়ের বিয়েও হয়েছে ,মা আমাকে জানিয়েছিল কিন্তু আমি যাইনি। কয়েকদিন পর কলকাতায় একটা বাড়ি কিনে নিই। তখন থেকেই

"নারায়ণদা" আমার সঙ্গী। আস্তে আস্তে পরিস্থিতির সঙ্গে,নিজের জীবনের সঙ্গে নিজেকে মানিয়ে নিই। হঠাৎ মায়ের এই চিঠিটা যেন আমাকে আবার আমার অতীতে ফিরিয়ে নিয়ে গেল। 'আমার মেয়ের বিয়ে '---- কথাটা যেন না চাইতেই বার বার মনে ফিরে আসছে। আমার কী করা উচিত ?অদ্ভুত একটা মানসিক টানাপোড়েনের মধ্যে পরে গেলাম।

সময় -----অতীত আর বর্তমান যখন পরস্পরের সম্মুখীন

মায়ের লেখা চিঠিটা বারবার পড়তে লাগলাম। মেয়ের বিয়ে শোনার পর আজ যেন মেয়েটাকে একবার দেখার ইচ্ছা করছে। দেখতে দেখতে সাতাশটা বছর কেটে গেছে। বাবার অনেক বয়েস হয়েছে ,হিসেব মতো সাতাশি বছর আর মায়ের ও তো কম বয়েস হলোনা। মা বাবার থেকে বারো বছরের ছোট শুনেছি ,তাহলে মোটামুটি ওই পঁচাত্তর বছর বয়েস মায়েরও হলো। কে আর কতদিনই বা বাঁচবে ! তাছাড়া, বিয়ের এতো আয়োজন,কাজকর্ম ---আমি গেলে হয়তো ভাইয়েরও একটু সুবিধা হবে। শুধু টাকা পাঠিয়ে দিলেইতো আর সব হয়না।

মনস্থির করলাম যে আমি বিয়েতে যাবো। ৫ই মাঘ বিয়ে;আমি ৩রা মাঘ যাবো বলেই ঠিক করলাম। সেইমতো অফিসেও জানিয়ে দিলাম যে আমি কয়েকদিন ছুটিতে থাকবো। নারায়ণদাকে যখন সব খুলে বললাম ,সে অবাক হয়ে জিজ্ঞাসা করলো "তোমার একটা মেয়েও আছে?এতবড়ো মেয়ে যে তার বিয়ে ?"ওনার প্রশ্নের কোনো উত্তর আমি দিতে পারলামনা। নারায়ণদারও বুঝি সেই মেয়েকে একবার

দেখার ইচ্ছা হলো। তাই আমার সঙ্গে যাওয়ার জন্য একপ্রকার জেদ করেই বসলো। আমিও বেশি আপত্তি না করে রাজি হয়ে গেলাম।

অবশেষে বিয়ের দুইদিন আগে নারায়ণদাকে নিয়ে কৃষ্ণনগরে এসে পৌঁছলাম। সাতাশ বছর পর বাড়িতে যাচ্ছি -----চতুর্দিকের সব যেন পাল্টে গেছে। কিছুইতো চিনতে পারছিনা। স্টেশন থেকে একটি রিকশায় উঠে বললাম,সদর হাসপাতাল যাব। আমাদের বাড়ি কৃষ্ণনগর সদর হাসপাতালের থেকে বেশি দূরে নয়। আশাকরি ওখান থেকে বাড়ির রাস্তা চিনতে পারবো। রিকশায় যেতে যেতে সেই ছোটবেলার কথাগুলো বারবার মনে আসছিলো।

এই সেই কৃষ্ণনগর ,যেখানে বাংলাদেশ থেকে এক কাপড়ে বাবা তার পরিবারকে নিয়ে উদ্বাস্তু হিসাবে আসে। আমার ছোটবেলায় (জ্ঞান বয়েসে) চতুর্দিকে দেখেছি ধূ ধূ মাঠ আর চাষের জমি। পায়ে হেঁটে কত দূরে যেতাম স্কুলে পড়াশুনা করতে। যখন NDA (ন্যাশনাল ডিফেন্স একাডেমী)তে যাই তখন অনেক বাড়ি ঘর ও দোকান পাঠ তৈরী হয়েছে, রাস্তাঘাটের ও অনেক সুবিধা হয়েছে। তারপর যখন চোখ

অপেরেশনের পর বাড়িতে ফিরি ,তখনও অনেক পরিবর্তন লক্ষ্য করেছি। আর আজ,আজতো নিজের বাড়ি চিনে যেতেই অসুবিধা হচ্ছে। সময় সত্যিই বলবান,কতকিছুর পরিবর্তন করিয়ে দেয়। শুধু মানুষের জীবনই নয় ;গ্রাম ,শহর, এমনকি দেশের মানচিত্রও পাল্টে দেয়।

এই ভাবতে ভাবতে হঠাৎ রিক্সাওয়ালার ডাক " বাবু ,সদর হাসপাতাল এসে গেছে "। বললাম ,আমার বাড়ি এর কাছাকাছিই হবে। আসলে অনেকদিন পর আসছিতো ,সব রাস্তাঘাট যেন গুলিয়ে যাচ্ছে। রিকশাওয়ালা জিজ্ঞাসা করলো কার বাড়িতে যাবেন ? বললাম , আমার বাবার নাম পুরাণ চট্টোপাধ্যায় ,ভাই সোমনাথ। শুনেই রিক্সাওয়ালা বলে উঠলো - 'ওহঃ, ওই পাড়ায় যে মুদির দোকানটা আছে তাদের বাড়ি ?চলুন আমি নিয়ে যাচ্ছি ।' বাবার দোকানটা এখনো আছে। ভাই-ই দোকানটা চালনা করে। মায়ের চিঠিতে জানতে পেরেছি ,দোকানটা ভাই অনেক বড় আর সুন্দর করেছে। এখন বুঝলাম ,এই দোকানের সুবাদেই সবাই আমাদের বাড়ি চেনে আর আজ আমারও বাড়ি পৌঁছাতে অসুবিধা হবেনা। বাড়ির দোরগোড়ায় মালপত্র সমেত আমাদের নামিয়ে দিয়ে , ভাড়া গুনে নিয়ে রিকশাওয়ালা চলে গেলো।

এতদিন পর বাড়ির সামনে এসে দাঁড়িয়ে যেন কিছুটা আবেগপ্রবণ হয়ে পড়লাম। বাড়ির চেহারাও অনেকাংশেই পাল্টেছে। বিয়ের প্যান্ডেল তৈরী শুরু হয়ে গিয়েছে। বাড়িতে লোকজনের কথাবার্তা ,হাসি- ঠাট্টার আওয়াজ গেটের কাছ থেকেই শোনা যাচ্ছে। মনে হয় আত্মীয়- স্বজনদের আনাগোনা শুরু হয়ে গেছে। ভাই বোধ করি কোনো কাজে যাওয়ার জন্য উদ্যত হয়েছিল ,আমাকে হঠাৎ গেটের কাছে দেখে হয়তো সে নিজের চোখকেও বিশ্বাস করতে পারছিলোনা। "দাদা তুই এসেছিস?"---বলে এসে আমাকে জড়িয়ে ধরে কেঁদে ফেললো। আমিও আমার চোখের জল ধরে রাখতে পারলামনা। এরপর ভাই আমাকে বাড়ির ভিতরে নিয়ে এলো। আমি নারায়ণদাকে মালপত্র নিয়ে ভিতরে আসার জন্য ইশারা করলাম।

বাড়ির ভিতরে ঢুকেই প্রথমে বাবা-মায়ের সাথে দেখা করলাম। সবার চোখেই বিস্ময়ের ছাপ। প্রণাম করাতে বাবা মা দুজনেরই চোখে জলের ধারা বইতে লাগলো। মুখে শুধু বললো ,একদিনের জন্যও কি বাবা -মা কে একটু দেখতে ইচ্ছা করেনি ?তাদের এতদিনের ক্ষোভ ,দুঃখ ,অভিমান যে জলের ধারা হয়ে চোখ থেকে বয়ে চলেছে কোনো বাধা না মেনে ,তা অনুভব করতে পারলাম। এতক্ষনে দিদি-জামাইবাবুরাও ঘরের মধ্যে উপস্থিত হয়েছে। সবাইকে একসঙ্গে দেখে মনটা আনন্দে ভরে গেল।

একজন মাঝবয়েসী ভদ্রমহিলা এসে আমায় প্রণাম করলো। আমি অবাক হয়ে তাকাতেই ভাই বলে উঠলো -"দাদা ,ও আমার স্ত্রী বিশাখা। " এই প্রথম আমি ওকে দেখলাম। ভাবছিলাম একটু কথাবার্তা বলবো কিন্তু ওর শরীরের ভাষাই বোঝাচ্ছিলো যে ওর এখন অনেক কাজ , আলাপ পরিচয় করার মতন সময় ওর হাতে এখন নেই। ভাই মনে হয় এক প্রকার জোর করেই ওকে কোনো কাজ থেকে তুলে এনেছিল। তাই সে অসমাপ্ত কাজ সমাপ্ত করতে চলে গেল। আমি যেন মনে মনে অন্য আরেকজনকে খুঁজছিলাম। অন্য সবার সাথে তো দেখা হলো কিন্তু সে তো এখনো এলোনা।

          "বাবা তুমি এখনো দোকানে যাওনি?"-- হঠাৎ একটা মেয়ের কণ্ঠে বুকের ভিতরটা ধড়াস করে উঠলো। দেখি,হালকা গোলাপি শাড়ী পড়া একটি মেয়ে দরজার সামনে দাঁড়িয়ে আছে আর ভাই এখনো দোকানে না যাওয়াতে কিছুটা অসন্তুষ্টও হয়েছে বটে!আমি যেন মেয়েটির দিকে তাকিয়েই রইলাম --এ কি ! এ তো অবিকল -------। ভাই মেয়েটিকে ঘরের ভিতরে ডেকে বললো ,এই দ্যাখ মা ,কে এসেছে তোর বিয়েতে।

ইনি হলেন ---কথাটা শেষ করার আগেই মেয়েটি বলে উঠলো -"জানি তো!জ্যেঠু। "সবার মতো আমিও অবাক হয়ে ওর দিকে তাকালাম। মনে মনে ভাবছি, ও কি করে জানলো আমিই ওর জ্যেঠু। মনে হয় আমার চেহারা পড়ে আমার মনের প্রশ্ন সে জানতে পেরেছিলো। আমার দিকে একদৃষ্টে তাকিয়ে ভাইকে উদ্দেশ্য করে বললো - "ছোটবেলা থেকে তোমরা সবাই তো বলে এসেছো যে আমি জ্যেঠুর মতো দেখতে।"বলেই সে হাত ধরে ভাইকে নিয়ে ঘর থেকে বেরিয়ে গেলো।

কিছুটা আনমনা হয়ে দরজার বাইরে তাকিয়ে রইলাম। সত্যি! মেয়েটার চেহারা তো অবিকল আমার মতো। আজ মনে হচ্ছে ওর পাশে বসে মাথায় হাত বুলিয়ে দিই,ওর সাথে অনেক কথা বলি। এতো বছর ধরে ওর ভিতরেও তো কত কথা জমে আছে,সেগুলো মন দিয়ে শুনি। নাই বা জানলো আমি ওর বাবা ,বরং জ্যেঠু-ভাইঝি হিসাবেই নাহয় পরস্পর পরস্পরের সাথে কিছুক্ষণ গল্প করি। আর তো মাত্র দুদিন। তারপরই তো মেয়েটা আমার চলে যাবে অনেক দূরে।

যার জন্মটাই কোনোদিন মানতে পারিনি,তাকে চোখের সামনে দেখে আমার তো কোনো রাগ হচ্ছেনা

;বরং আমি কেন এতো দুর্বল হয়ে পড়ছি !এটাই কি তাহলে রক্তের টান ?কিন্তু মেয়েটা যেভাবে তাড়াতাড়ি ভাইকে ঘরের থেকে নিয়ে বেরিয়ে গেলো তাতে মনে হলো ও যেন আমাকে এড়িয়ে যেতে চাইছে। তাহলে কি ও কিছু জানে? না না ---সে কি করে হয় ! আমার ইচ্ছামতো আমার বাড়ির লোক তো কোনোদিন তাকে আমার পরিচয়ে বড় করেনি। আমার ভাই-ভাইবৌ হলো তার বাবা-মা --এই জেনেই সে বড় হয়েছে। ভাইয়ের একটি ছেলেও আছে কিন্তু বিশাখা কোনোদিনই আমার মেয়েকে বুঝতে দেয়নি যে সে তার মা নয়। ভাইয়ের ছেলেটিরও দিদি অন্ত প্রাণ। এইসব কথা মায়ের চিঠির মারফৎই জানতে পেরেছি।

খোকা বাইরে কি দেখছিস রে?--হঠাৎ মায়ের কথায় সম্বিত ফিরে পেলাম। বাবা-মা-দিদিদের সাথে অনেক গল্প হলো। তাদের সাথে গল্প তো আর শেষই হচ্ছিলনা। উভয়পক্ষের সাতাশ বছরের জমা কথা , চিঠির মাধ্যমে তার আর কতটাই বা ভাগ করে নেওয়া যায় !বাবার সাতাশি বছর বয়েস কিন্তু এখনো শারিরীক ও মানসিক ভাবে যথেষ্টই সবল। মা বাবার থেকে বারো বছরের ছোট হলেও মায়ের শরীরটাই অনেকটা ভেঙে গেছে। জীবনের অনেক ঝড় এই শরীর ও মনের উপর দিয়ে গেছে বোঝাই যায়।

অবশেষে সবাই আমাকে একটু বিশ্রাম নিতে বললো। মা বললো ,উপরে আমার ঘরে সব বিছানাপত্র ঠিক করা আছে ,জামাকাপড় ছেড়ে কিছুক্ষণ একটু শুয়ে নিতে। অনেক কাজ আছে, পরে করা যাবে। জামাকাপড়ের কথা উঠতেই আমার নারায়ণদার কথা মনে হলো,ওর কাছেইতো স্যুটকেসগুলো ছিল। বাবা-মায়ের ঘর থেকে বেরিয়ে নারায়ণদার খোঁজ করতে গিয়ে দেখি তিনি ইতিমধ্যেই অন্যান্যদের সাথে বিয়েবাড়ির কাজে হাত লাগিয়েছেন। আমায় বললো যে আমার জামাকাপড়ের ব্যাগ আমার ঘরেই রাখা আছে। সিঁড়ি দিয়ে উঠতে উঠতে ভাবলাম,কি জানি আমার ঘরটা আমি চিনতে পারবো তো ?কি করে ঢুকবো আমি সেই ঘরে !আমি লিলিকে ছাড়া ওই ঘরে থাকবো কি করে?ওই ঘরের আনাচে-কোনাচে আষ্টে-পৃষ্ঠে আছে শুধুই লিলির স্মৃতি। সিঁড়িগুলো হঠাৎ যেন ঝাপসা হয়ে গেলো -- এখনো লিলির কথা মনে আসলে আমি চোখের জল সামলাতে পারিনা।

সিঁড়ি দিয়ে দোতলায় উঠেই একটি বড় বারান্দা আর তার সাথে লাগানো পরপর চারটি ঘর। এই চারটি ঘর আমাদের চার ভাইবোনের ছিল। দিদিদের বিয়ের পর তাদের ঘরগুলো অব্যবহৃতই থাকতো। দিদিরা বাড়িতে আসলে অবশ্য সেইগুলির ব্যবহার হতো। দোতলার বারান্দায় ঢুকেই প্রথমে চোখে পড়লো ফুলের মালায় সুসজ্জিত লিলির একটি বড় বাঁধানো ফটো। সামনে প্রদীপ ও ধূপকাঠি জ্বলছে। আজ যেন

সে আমার দিকে তাকিয়ে মুচকি মুচকি হাসছে। কিছুক্ষণ ফোটোটার দিকে তাকিয়ে দাঁড়িয়ে রইলাম। পা যেন আমার সরছিলনা। "একি!আপনি এই ফটোর দিকে অমন করে কি দেখছেন ?" -একটু চমকে উঠে পিছনে ফিরে দেখি আমার মেয়ে। ওর প্রশ্ন খানিকটা এড়িয়ে ফটোটা দেখিয়ে জিজ্ঞাসা করলাম --"তুমি জান ইনি কে ?" ও বললো - "আমার মা। যিনি আমার জন্মের সময় মারা গেছেন। "কিছুটা বিস্মিত হয়ে ওর মুখের দিকে তাকিয়ে রইলাম। তাহলে কি বাড়ির লোকেরা ওকে সব জানিয়ে দিয়েছে?তাহলে ও আমাকে জ্যেঠু বলে ডাকবে কেন ?কোনোকিছুই যেন আমি মেলাতে পারছিনা। আস্তে আস্তে নিজের ঘরের দিকে পা বাড়ালাম।

সাতাশ বছর আগে যেমন ঘরটা রেখে গিয়েছিলাম যেন অবিকল সেইরকমই আছে আমার ঘর। লিলির কোনো জিনিসই ওরা সরায়নি; পরিষ্কার পরিচ্ছন্ন করে গুছিয়ে রেখেছে। শরীরটা বেশ ক্লান্ত লাগছিলো কেন জানিনা,তাই বিছানায় শুয়ে কখন যে ঘুমিয়ে পড়লাম বুঝতেও পারলামনা। "বাবু চলো ,খেতে ডাকছে "- নারায়ণদার গলায় হটাৎ ঘুম ভাঙলো। খাওয়া দাওয়ার পর বাবা-মা-ভাই-দিদি-জামাইবাবুরা সবাই মিলে একসঙ্গে বিয়ের আলোচনায় বসেছি ; অধিবাস পাঠানো ,বর আনতে যাওয়া ,অতিথি আপ্যায়ন

,খাওয়া-দাওয়ার দিক দেখা ইত্যাদি বিভিন্ন কাজের বন্টন নিয়ে আলোচনা। বাবা-মায়ের প্রথম নাতনির বিয়ে ,তারা এই বিয়েতে কোনোরকম ত্রুটি রাখতে চাননা।

নিজেকে এইসকল আলোচনার অংশ করতে পেরে খুব আনন্দও হচ্ছে। সকল আলোচনার মধ্যে উঠে এলো কন্যা সম্প্রদানের কথা। ভাই ও মা খুব জোরাজুরি করলো আমাকে কন্যা সম্প্রদানের দায়িত্ব নিতে। আমি একটু ইতঃস্তত বোধ করছিলাম। হঠাৎ এই সময় আমার মেয়ে এসে ঘরে উপস্থিত হয়,মনে হয় ভাইয়ের খোঁজে। সম্প্রদানের কথা তার কানে আসতেই ও আমার ভাইয়ের হাত ধরে বললো -"কেন তুমি আমার সম্প্রদান করবেনা বাবা?আমি চাই তুমিই আমার সম্প্রদান করো ;অন্য কেউই নয়। "এই বলে সে ঘর থেকে বেরিয়ে গেলো । তার কথায় আমার উপর অভিমানের স্বর স্পষ্ট। কিন্তু কেন?সে তো জানেনা আমি আসলে কে ,এমনকি আজকের আগে সে তো কোনোদিন আমাকে দেখেওনি। হ্যাঁ, মেয়ে হিসাবে সে চাইতেই পারে যে তার বাবাই (আমার ভাই)তার সম্প্রদান করুক। কিন্তু তার গলায় আমার প্রতি এই অভিমানের সুর কেন?

আলোচনার শেষে ভাইকে একান্তে ডেকে জিজ্ঞাসা করেই ফেললাম যে আমার মেয়েকে তারা সবকিছু জানিয়ে দিয়েছে কিনা। ভাই বললো 'না';বৈশালী আমাকেই ওর বাবা আর বিশাখাকেই ওর মা বলে জানে। তবে ও জানে যে বিশাখা ওর পালিত মা। ছোটবেলা থেকে লিলি বৌদির ফটো দেখিয়েই ওকে বলা হয়েছে যে বৌদিই ওর মা। আমরা তোমাদের মেয়েকে তার আসল পিতৃপরিচয় কোনোদিনই দেইনি কিন্তু তার আসল মাতৃপরিচয় থেকেও তাকে বঞ্চিত করিনি। আমার বিয়ের পর বিশাখা ওকে কোলে তুলে নেয় ;মায়ের স্নেহে ওকে বড় করে। কোনোদিন ওর নিজের মায়ের অভাব ওকে বুঝতে দেয়নি। আমার ছেলে হওয়ার পরেও বিশাখা কোনোদিন বৈশালীকে অবহেলা করেনি। ক্রমে ক্রমে সে আমার আর বিশাখারই সন্তান হয়ে গেছে। আমার ছেলেও জানেনা যে বৈশালী আমাদের সন্তান নয়।

'ওর নাম বৈশালী?'---ভাইকে জিজ্ঞাসা করাতে ভাই বললো তোমার আর বৌদির নামের সাথে মিলিয়েই এই নাম রাখা হয়েছিল। বৌদিকে আমরা বৈশালীর মধ্যে দিয়েই বাঁচিয়ে রেখেছি। তোমার কথামতো আমরা কোনোদিন ওকে তোমার কাছে নিয়েও যাইনি ,আর ওর নামও জানাইনি। অনেকবার ভেবেছি ও তো আমারই মেয়ে ,তবে কেন ওর ভরণ-পোষণের খরচ

তুমি পাঠাবে? তারপরই মনে হয়েছে,ওর এই অধিকারটুকু হয়তো আমাদের কেড়ে নেওয়া ঠিক হবেনা। ও কিছু না ই বা জানলো;বৌদির আত্মা তো কিছুটা হলেও শান্তি পাবে!

ভাইয়ের কাছে সব শোনার পর বিশাখার প্রতি আমার শ্রদ্ধা অনেক বেড়ে গেলো। ভাইতো আমার ভাই ,আমার মেয়ের সাথে তার রক্তের সম্পর্ক আছে ;কিন্তু বিশাখা ?তার সাথে তো আমার মেয়ের কোনো রক্তের সম্পর্ক ছিলোনা। তা সত্ত্বেও সে যেভাবে একজন অভিভাবকহীন শিশুকে কোলে তুলে নিয়েছে ,পরম স্নেহে তার লালন পালন করেছে তা সত্যিই প্রসংশনীয়। আমার থেকে বয়সে ছোট না হলে আজ একবার তাকে প্রণাম করে তার প্রতি আমার কৃতজ্ঞতা জানাতাম। মেয়ের বিয়েতে মায়ের অন্তরের যে বেদনা সেটা বিশাখার মুখ দেখলেই বোঝা যাচ্ছে। কখনো সে মেয়েকে জড়িয়ে ধরে আদর করছে,খাইয়ে দিচ্ছে, আবার কখনো মেয়ের অলক্ষ্যে শাড়ির আঁচলের কোণা দিয়ে নিজের চোখের জল মুছে নিচ্ছে। মেয়েকেও দেখছি মায়ের কোলে মাথা রেখে ঘুমিয়ে পড়ছে। মা-মেয়ের সম্পর্কের এই বন্ধন দেখে আজ সত্যিই মনে হয় লিলির আত্মাও তৃপ্ত। তাই ওর ফটোটা মনে হয় সব সময়ই হাঁসছে। আমাকে তুমি ক্ষমা করে দিও লিলি।

আজ আমার মেয়ের বিয়ে। সকাল থেকেই সবার নানান ব্যস্ততা! দধিমঙ্গল,নান্দীমুখ,গায়েহলুদ--------বিভিন্ন কাজের ফাঁকে এই সকল স্ত্রী-আচার গুলিও আমি দূর থেকে দেখছিলাম। বলাবাহুল্য,সকল আচার -অনুষ্ঠান বাদ দিয়ে শুধু যেন আমার মেয়েটিকেই দেখছিলাম। সাতাশটা বছর যাকে একবারও দেখার কথা মনে হয়নি ,আজ যেন তাকে চোখ-ছাড়া করতে পারছিনা। আজকের দিনটাই তো,তারপর সে চলে যাবে তার নতুন বাড়িতে ,জীবনের এক নতুন অধ্যায় শুরু করতে।

আজ ওকে আদর করতে বড়ো সাধ হচ্ছে। যদি ওর ছোটবেলার দিনগুলো আবার ফিরে পেতাম ! কোলে করে ঘুরে বেড়াতাম,ঘোড়া হয়ে পিঠে চড়াতাম ,রামায়ণ-মহাভারতের গল্প শোনাতাম। আমার মেয়ে কোনোদিন তার বাবা-মার অভাব বুঝতেই পারেনি,সে তো জানেও না যে আমিই তার বাবা। কিন্তু আমি?আমার জীবনটা তো পুরোটাই শূন্য। সবই তো আমার ভুল। একটি সদ্যোজাত শিশু কীভাবে কারও মৃত্যুর জন্য দায়ী হতে পারে!প্রকৃতির নিয়মেই অতীতের ভুলের শাস্তি আমি বর্তমানে পাচ্ছি। নিজের সন্তানকে আজ সন্তান বলে দাবি করতে পারছিনা ,

তার সাথে দুইদন্ড বসে কথাও বলতে পারছিনা। কর্মফল মানুষ কখনোই এড়াতে পারেনা।

সন্ধ্যাবেলায় যথাসময়ে বর এসে উপস্থিত হলো। মেয়েকে আমার বধূবেশে এতো সুন্দর লাগছিলো যে ওর থেকে চোখ সরাতে পারছিলামনা। যথাসময়ে মালাবদল,সিঁদুরদান সহ বিয়ের সকল অনুষ্ঠান সম্পন্ন হলো। বরযাত্রীদের আপ্যায়ন ,অতিথিদের খাওয়া-দাওয়া ইত্যাদির তদারকির দায়িত্বে আমিও ছিলাম। আমার মেয়ের শ্বশুরবাড়ির লোকজনদের কাছে আমি তার জ্যেঠু বলেই পরিচিত হলাম। সবকিছু মিটতে অনেক রাত হয়ে গেল। মেয়ের বন্ধু-বান্ধব,ভাই-বোনেরা সকলে মিলে বাসর ঘরে অনুষ্ঠান শুরু করে দিয়েছে।আমি ক্লান্ত হয়ে নিজের ঘরে শুতে চলে এলাম। আজ কেন যেন মনে হচ্ছিল যে এতো ব্যস্ততা,ভিড় সবের মধ্যে সেও আমায় বারবার দেখছিল। মাঝে মধ্যেই চোখে চোখ পরে যাচ্ছিলো। ক্লান্তিতে কখন যে ঘুমিয়ে পড়লাম খেয়াল নেই।

সত্য ----যা কখনোই চাপা থাকেনা

সকালবেলায় যথারীতি নারায়ণদার ডাকে ঘুম ভাঙলো ,আমার জন্য চা নিয়ে এসেছে। বিছানাতে বসেই চায়ে চুমুক দিতে দিতে সংবাদপত্রটি দেখছিলাম। "আমি জানি ,তুমিই আমার বাবা "--- কথাটা শুনে চমকে উঠে দরজার দিকে তাকালাম। দেখলাম সুন্দর হলুদ রঙের শাড়ী ও সিঁথিতে সিঁদুর পরা আমার মেয়ে দাঁড়িয়ে আছে। আচম্বিত এই কোথায় আমার মুখ দিয়ে কোনো শব্দই বেরোলোনা। মনে শুধু এই প্রশ্নই আসলো যে ,এই কথাটা ও কি করে জানলো। সে বলে উঠলো ,আমি জানি তুমি ভাবছো আমি কী করে এই কথা জানলাম।

জ্ঞান হওয়া থেকে যাদের মা-বাবা বলে জেনেছি তারা আমাকে কোনোদিন বুঝতেই দেয়নি যে আমি 'অনাথ'। যখন একটু বড় হই ,বাইরে মায়ের ছবিটা দেখিয়ে একদিন বাবাকে জিজ্ঞাসা করেছিলাম ওটা কার ছবি ?বাবা বলেছিলো আমার মায়ের ছবি। সেদিন ওই ছবিটার সাথে আমার মায়ের কোনো মিল খুঁজে না পেয়ে বাবাকে বলেছিলাম ,"তুমি কেন মিথ্যা

কথা বলছো?আমার মা তো আমাদের সঙ্গেই আছে আর এই ফটোটা তো আমার মায়ের নয়"। বাবা সেদিন বলেছিল , যেই ফটোটা রয়েছে সেটা তোমার জন্মদাত্রী মায়ের আর যে মা তোমার সাথে আছেন তিনি তোমার পালক মা। অবাক হয়ে বাবার দিকে তাকিয়ে ছিলাম। বাবা বুঝিয়েছিল ,শ্রীকৃষ্ণের যেমন দেবকী ও যশোদা দুই মা ছিল তোমারও তেমন দুটো মা। বিশাখা তোমার যশোদা মা। ঠাম্মার কাছে মহাভারতের গল্প বহুবার শুনেছি ,তাই দেবকী আর যশোদা মায়েদের বুঝতে আমার অসুবিধাই হয়নি। কিন্তু মনে কোনো দুঃখ হয়নি নিজের জন্মদাত্রী মায়ের জন্য, কারণ আমার যশোদা মা কোনোদিন বুঝতেও দেয়নি যে আমি তার নিজের সন্তান নই।

ছোটবেলা থেকেই লক্ষ্য করতাম, দাদু-ঠাম্মা একদম পছন্দ করতোনা যে আমি পাড়ার কারো বাড়িতে যাই। আমার যত খেলা ,গল্প সব ছিল ভাই, দাদু ও ঠাম্মার সাথে। বাড়ির লোকেদের বিভিন্ন কথাবার্তা শুনে বুঝতে পারতাম যে আমার একটা জ্যেঠু আছে ,কলকাতায় থাকে ,নাম 'বিশ্বনাথ'। মাঝে মাঝে ঠাম্মার কাছে ঠাম্মার সমবয়সী পাড়ার ঠাকুরমা-দিদিমারা গল্প করতে আসতেন আর আমাকে দেখেই বলতেন "মেয়েতো একদম বিশ্বনাথের মতন দেখতে হয়েছে"। এই প্রসঙ্গ উঠলেই ঠাম্মা হয় কোনো কাজের অছিলায় আমাকে অন্য ঘরে পাঠিয়ে দিত অথবা সেই প্রসঙ্গ ঘুরিয়ে অন্য প্রসঙ্গে কথা বলতো। এখন মনে

হয় পাড়ার সবাইকে দাদু আর ঠাম্মা আমার আসল পিতৃপরিচয় আমাকে না বলার জন্যই অনুরোধ করেছিল।

 যখন ক্লাস নাইন এ পড়ি ,একদিন আমার স্কুলের এক বান্ধবীর বাড়িতে যাই। ও এই পাড়ারই মেয়ে। ওর সাথে আমার একটু কাজ ছিল। কাজ শেষ হয়ে যাওয়ার পর যখন বাড়ির সবার অনুমতি নিয়ে ফিরে আসছি ,হঠাৎ ওর ঠাকুরমার একটা কথা কানে এলো ---" আহারে!কি কপাল মেয়েটার!মাকে তো দেখতেই পেলোনা আর বাবা তো থেকেও নেই। সারাটা জীবন কাকাকেই বাবা বলে জানলো"। কথাটা শোনামাত্রই আমার পায়ের নিচের থেকে যেন মাটি সরে গেল। এ আমি কি শুনলাম,আমার বাবা আমার বাবা নয়,কাকু ;আর আমার বাবা তাহলে কে ?জ্যেঠু?কিছুই যেন মেলাতে পারছিলামনা। আমার পা দুটো যেন চলার শক্তি হারিয়ে ফেলেছিল। মনের ভিতর ছোটবেলার বহু ঘটনা উঁকি দিচ্ছিল। এই জন্যই কি সবাই আমাকে বলে যে আমি জ্যেঠুর মতন দেখতে?

                বাড়িতে   এসে   সকলের অগোচরে তোমার ঘরে এসে সকল জিনিসপত্র উল্টে পাল্টে খুঁজতে থাকি- যদি তোমার আর আমার মায়ের সম্পর্কের কোনো প্রমাণ পাই। কিন্তু তোমার ঘরে তো

কিচ্ছুই পেলামনা। আমার মনের প্রশ্নের কোনো সঠিক উত্তর না পাওয়া পর্যন্ত আমি কিছুতেই কোন স্বস্তি পাচ্ছিলামনা। তোমার ঘরের আলমারিটার দিকে আমার নজর পড়ে। আলমারিটা খোলার চেষ্টা করি কিন্তু পারিনা। হায় ভগবান! আমি আমার সন্দেহের নিরসন কি করে করবো --এই ভাবতে ভাবতে বিষন্নমনে ঘর থেকে বেরিয়ে এলাম। একবার যদি আলমারিটা খুলতে পারতাম! এর চাবিটাই বা কার কাছে বা কোথায় আছে?সকল কথা আমার মাথার মধ্যে ঘুরপাক খেতে থাকে। কয়েকদিন পড়াশুনায় মনও দিতে পারিনি। একদিন ঠাম্মাকে এই আলমারিটা সম্পর্কের জিজ্ঞাসা করলাম আর কৌশলে চাবিটা কার কাছে আছে তাও জিজ্ঞাসা করলাম। ঠাম্মা বললো যে আলমারিটা তোমার আর চাবি ঠাম্মার কাছেই থাকে। কিন্তু ঠাম্মা আমাকে কিছুতেই চাবিও দিলনা আর আলমারি খোলার অনুমতিও দিলনা। বললো,ওটা তোমার জ্যেঠু যেদিন আসবে,সেদিন খুলবে।

আমি কিছুতেই এই সন্দেহের নিবৃত্তি না করা পর্যন্ত স্বস্তি পাচ্ছিলামনা। মনে এক অদ্ভুত জেদ চেপে গেলো। একদিন ঠাম্মার অজান্তে তোমার এই আলমারির চাবি ঠাম্মার গোপন সুরক্ষিত স্থান থেকে নিয়ে ঘরে এসে এই আলমারিটা খুললাম। দেখি,আলমারি ভরা শাড়ী আর কিছু সালোয়ার-কামিজ। জ্যেঠুর আলমারিতে এতো শাড়ী আর

সালোয়ার---এগুলো কার? তবে কি যা শুনলাম---হে ভগবান! আমার বাবার নাম সোমনাথ চট্টোপাধ্যায় - আমি এই পরিচয় নিয়েই বাঁচতে চাই। এক এক করে আলমারি থেকে সব জামাকাপড় নামাতে থাকি। আজ আমার সব প্রশ্নের যেন উত্তর পাই। আমার সব সন্দেহের নিরসন হোক। এই ভাবতে ভাবতে হঠাৎ একটা শাড়ীর ভাঁজ থেকে কি যেন একটা নিচে পড়লো,তুলে দেখি একটা খাম -উপরে লেখা "ফৌজীবাবু"। উচিত-অনুচিতের জ্ঞান ভুলে খামটা খুলে ফেললাম। ভিতরে একটি ফটো আর একটা চিঠি। ফটোতে আমার জন্মদাত্রী মায়ের পাশে দাঁড়িয়ে আমার জ্যেঠু। আমার সারা শরীর এক অজানা কারণে কাঁপতে লাগলো ,আপনা থেকেই দুচোখ বেয়ে জল ঝরতে লাগলো। হে ভগবান! আজ এই প্রথমবার আমার নিজেকে অনাথ মনে হচ্ছে। ভাগ্যের কি অদ্ভুত পরিহাস !

চিঠিটা   খুলতে   গিয়েও   খুললামনা। ভাবলাম,হয়তো এটা আমার মায়ের হাতের লেখা শেষ চিঠি আমার বাবার উদ্দেশ্যে। খামটাতে আঠা দিয়ে আটকানোই ছিল। চিঠিটা আর আমি পড়বোনা। যদি কোনোদিন এই চিঠি যার উদ্দেশ্যে লেখা তাকে দেখতে পাই ,তবে তার হাতেই তুলে দেব। চৌদ্দ বছর বয়েসেই যেন জীবনের উপর দিয়ে একটা ঝড় বয়ে গেলো। আস্তে আস্তে আলমারির সমস্ত জিনিস গুছিয়ে আলমারিটা তালা দিয়ে দিলাম ,শুধু চিঠি আর

ফটো সমেত খামটা আমার কাছে সযত্নে রেখে দিলাম। মাঝে মাঝেই খামের উপর লেখাটা দেখতাম আর ভাবতাম,এটা আমার মায়ের হাতের লেখা ,সত্যিই আমার কাছে এর মূল্য অপরিসীম। নিজের জীবনের সকল সত্য জানার পর বাড়ির সবার উপরে খুব রাগ হয়েছিল। কেন সবাই আমাকে এতদিন অন্ধকারে রাখলো। কারো সঙ্গে ঠিকমতো কথা বলতামনা,ভাইয়ের সাথেও খেলতামনা। এই ধাক্কাটা যেন আমার বয়েস অনেকটা বাড়িয়ে দিয়েছিলো।

        এইদিকে আমার আকস্মিক এই পরিবর্তনে বাড়ির লোকেরাও বিচলিত হয়ে পড়লো। মা-বাবা অনেকবার আমার সাথে আলাদা করে কথা বলার চেষ্টা করে,আমার তরফ থেকে কোনোরকম সাড়া তারা পায়না। স্কুল,বাড়ি ,খাওয়া,পড়াশুনা - এইসবের মধ্যেই নিজেকে ডুবিয়ে রাখতাম। এমন করে কিছুদিন যাওয়ার পর মা একদিন আমাকে জড়িয়ে ধরে কেঁদে ফেলে। বলে ,"আমি যদি তোকে কোনো কষ্ট দিয়ে থাকি তাহলে একবার তো তা বল। আমি আর তোর বাবা তো কিছুই বুঝতে পারছিনা যে তোর কি হয়েছে। ভাই কিছু করেছে?স্কুলে কিছু হয়েছে ?কিছুই না বললে আমরা বুঝবো কেমন করে ?এমন করে চললে তো তুই অসুস্থ হয়ে পড়বি রে মা। তখন

তো সবাই আমাকেই দোষারোপ করে বলবে যে আমি তোর নিজের মা নই বলে তোর খেয়াল রাখিনা "।

 ভাবলাম জিজ্ঞাসা করেই ফেলি যে বাবা কি আমার নিজের বাবা?কিন্তু না ,মায়ের চোখের জল দেখে আমার খুব কষ্ট হচ্ছিলো। সেইদিন ভাবলাম ,যারা আমাকে সন্তানস্নেহে প্রতিপালন করছে তাদের কেন আমি কষ্ট দিচ্ছি ,অবহেলা করছি। আর কীসের জন্য করছি ?আমার বাবাকে তো আমি চোখেই দেখিনি ,শুধু ছবি দেখেছি। আর সেও তো আমাকে দেখতে কোনোদিন আসেনি। তিনি তো কলকাতায় থাকেন শুনেছি ,কলকাতা থেকে কৃষ্ণনগরে তো আমার এই ১৪ বছর বয়েসে তাকে একবারও আসতে দেখিনি। আজ থেকে কাকু-কাকীমা ই আমার প্রকৃত বাবা-মা। আর উনি আমার জ্যেঠু হিসাবেই থাকুন।

 তারপর থেকে কোনোদিন আমি তোমাকে দেখার তাগিদ অনুভব করিনি। তোমাকে যখন প্রথম দেখলাম তখন খুব রাগ হচ্ছিল ,কেন আমার এই বিশেষ দিনে তুমি আসলে? যারা এতো ঝড়-ঝাপ্টা সামলে আমাকে বড় করেছে তারাই আমার বাবা-মা। যে আমাকে এতদিন বুকে আগলে রেখেছে ,কোনোদিন আমাকে বাবার অভাব বুঝতে দেয়নি ,আমি তো তারই মেয়ে। কাজেই

,কণ্যাসম্প্রদানের অধিকারও তারই বলে আমি মনে করেছিলাম। এই কারণে,তুমি আমার সম্প্রদান করবে সেটা আমি মেনে নিতে পারিনি। এর জন্য যদি তোমার খারাপ লাগে তবে আমায় ক্ষমা করে দিও। আর এই খামটা এতদিন আমি যত্ন করে লুকিয়ে রেখেছিলাম,আজ তোমাকে দিতে এলাম। এই কয়দিন বিয়েবাড়িতে তোমার সাথে একান্তে কথা বলার কোনো সুযোগ পাইনি, তাই খামটাও দিতে পারিনি। এই বলে আমার মেয়ে একটা খামে ভরা চিঠি আমার হাতে তুলে দিল আর একবার প্রণাম করে ঘর থেকে তাড়াতাড়ি বেরিয়ে গেল।

অবাক হয়ে দরজার দিকে তাকিয়ে রইলাম। কয়েক মুহূর্তে যেন সব ওলোট -পালট হয়ে গেল। আমার মেয়ে জানে যে আমিই ওর বাবা ,কিন্তু বাবা হিসাবে ও আমার ভাইকেই মানে ,আমি ওর কাছে শুধুই ওর বাবার বড় দাদা ,"জ্যেঠু "। মজার ব্যাপার হলো , বাড়ির লোকেরা সবাই জানে যে ও আমার ব্যাপারে কিছুই জানেনা আর ও এইদিকে বাড়ির লোকেদের বুঝতেও দেয়নি যে ও সব জানে। এইসব ভাবতে ভাবতে হঠাৎ হাতে ধরা খামটার দিকে আমার নজর গেল। আমার উদ্দেশ্যে লিলির লেখা চিঠি। লিলির হাতের লেখা --দৃষ্টি ফেরার পর ওকে তো দেখলামই না ,আজ ২৭ বছর পর ওর হাতের লেখা দেখব।কী জানি,কীলিখেছে এই চিঠিতে ?আবেগপ্রবণ

হয়ে চিঠিটা খুললাম। ইংলিশে লেখা, বাংলায় অনুবাদ করে উপস্থাপন করছি।

আপনার চোখের অপারেশন সফল হয়েছে শুনেছি। আশাকরি খুব তাড়াতাড়িই আপনি সুস্থ হয়ে বাড়ি ফিরবেন। আপনি আবার আগের মতন সবাইকে ,সবকিছুকে দেখতে পাবেন। আমার যে কি আনন্দ হচ্ছে বলে বোঝাতে পারবোনা। বাবা-মা ও বাড়ির অন্যান্যরাও অধীর আগ্রহে আপনাকে দেখার জন্য অপেক্ষা করছে। আমার দুয়েকদিন ধরে শরীরটা একটু খারাপ লাগছে। দিদি-জামাইবাবুরা তাই এসে গেছে বাড়িতে ,কাল আমাকে হাসপাতালে ডাক্তার দেখাতে নিয়ে যাবে। মাঝে মাঝে মনের মধ্যে যেন একটা ভয় উঁকি দিচ্ছে। আমি যদি আপনাকে আর দেখতে না পাই?আমার মনের কথা আপনাকে ছাড়া আর কাকেই বা জানাবো?ভাই বলেছে ,অপেরেশনের পর কয়েকদিন আপনাকে কারো সাথে কথা বলতে দেওয়া নিষেধ আছে ,তাই এই চিঠি লিখছি। আমি যদি এই দুনিয়োতে নাও থাকি তাহলেও যেন আমার সন্তানকে অনাথ করে দেবেননা। আমি নিজে অনাথ আর সেই কারণেই অনাথ হওয়ার যন্ত্রণাও আমি অনুভব করি। আমাদের সন্তানকে বাবা

ও মা দুজনের স্নেহ ,ভালোবাসা দেওয়া ও পথপ্রদর্শন করার দায়িত্ব আপনাকেই নিতে হবে। আমার হয়তো এতটা ভাবা একটু বাড়াবাড়িই হয়ে যাচ্ছে কিন্তু বিশ্বাস করুন কয়েকদিন ধরে এই চিন্তাটা কিছুতেই আমি মাথা থেকে বের করতে পারছিনা। আপনি সম্পূর্ণ দৃষ্টিশক্তি নিয়ে আবার বাড়ি ফিরে আসবেন এই প্রার্থনাই ভগবানের কাছে করি।

নিজভালো থাকবেন ও আমাদের সন্তানের খেয়াল রাখবেন।

ইতি

আপনার 'লিলি'

চিঠিটা পড়ে আমার চোখের জল আর আটকে রাখতে পারলামনা। একটা অপরাধবোধ আমাকে যেন ভিতর থেকে ঝাঁঝরা করে দিচ্ছিল। লিলি কোনোদিন তার জীবদ্দশায় আমার কাছে কিছু চায়নি। তার এই একমাত্র চাওয়ার সন্মানও তো আমি রাখতে পারলামনা। তার অবর্তমানে আমাদের সদ্যোজাত মেয়েকে ত্যাগ করেই আমি বাড়ি ছেড়ে চলে আসি। তার নিজের বাবা বেঁচে থাকতেও তাকে একপ্রকার অনাথ শিশুর মতোই মানুষ হতে হয়। যদিও ভাই-ভাইবৌ তাকে বাবা-মার অভাব অনুভব করতে দেয়নি। আর আমার মেয়ে ১৪ বছর বয়েসে সবকিছু জানতে পেরেও না জানার ভান করে সকলের সাথে অভিনয় করে গেছে। আর আজ

আমার মেয়ে আমার ব্যাপারে সব জানে এটা জানতে পেরেও সবার সামনে তাকে আমার মেয়ে বলে পরিচয় দিতে পারছিনা। ভাগ্যের কি নিষ্ঠূর পরিহাস।

আজ বড় জানতে ইচ্ছা করছে লিলি কেন মারা গিয়েছিলো। কি হয়েছিল ওর ?এতদিন তো শুধু সদ্যজাত একটি শিশুকে দোষারোপ করেছি তার মায়ের মৃত্যুর জন্য। কোনদিন কারো কাছে আসল ঘটনাতো জানতেও চাইনি। লিলির চিঠিটা আমার বাক্সে ঢুকিয়ে ঘরের বাইরে গেলাম ভাইয়ের খোঁজ করতে।আজ তারা স্বামী-স্ত্রী খুব ব্যস্ত,বিষন্নও বটে !মেয়ে শশুরবাড়ি চলে যাবে এটা মেনে নিয়ে ধাতস্থ হতে তাদের কিছুদিন সময় লাগবে বৈকি !কিন্তু আমি জানি ,আজকের দিনটাই আমি এই বাড়িতে আছি ,কাল সকালেই কলকাতা চলে যাবো। তাই আজই আমাকে সত্যিটা জানতে হবে।

ভাইকে একপ্রকার জোর করে হাত ধরেই আমার ঘরে নিয়ে আসলাম। দরজা বন্ধ করে জিজ্ঞাসা করলাম -"লিলির কি হয়েছিল?ও কেন মারা গেলো?" এতদিন পর এই প্রশ্নে ভাই কিছুটা হতবম্ব হয়ে গেছিলো। একটু ধাতস্থ হয়ে আমাকে জিজ্ঞাসা করলো -" এতদিন পর তুই এই কথা জানতে চাইছিস দাদা?" বললাম,আজ খুব জানতে ইচ্ছা করছে রে! এতদিন ধরে যাকে দোষী

সাব্যস্ত করেছি সে কি আদৌ দোষী ছিল? সদ্যজাত শিশুর কি কোনো দোষ থাকতে পারে রে দাদা ? তুই তো জানিস ওই সময় আমি তোর সাথে দিল্লীতে ছিলাম। তবে পরে জামাইবাবুদের কাছে যা শুনেছি তাই বলছি।

    আমরা দিল্লীতে যাওয়ার পর থেকেই বৌদির শরীরটা একটু খারাপ হয়। একদিন জ্বর আসে ও বমি হয়। বাবা-মা তখন ছোট জামাইবাবুকে খবর দেন, বড় জামাইবাবুতো বাড়িতেই ছিলেন । সাথে সাথেই ছোড়দিরা এসে পড়ে, জামাইবাবুরা বৌদিকে হাসপাতালে নিয়ে যায় ডাক্তার দেখাতে। কিছু রক্ত পরীক্ষা করে জানতে পারা যায় বৌদির জন্ডিস হয়েছে ,একটা ভাইরাল ইনফেকশনের জন্য। তখনও ডেলিভারি ডেট কিছুদিন দেরীতে ছিল। কিন্তু ডাক্তারবাবুরা কোনোরকম রিস্ক নিতে চাননি পাছে মাতৃগর্ভেই শিশুর কোনো ক্ষতি হয়ে যায় !তাই বাড়ির লোকের অনুমতি নিয়ে নির্ধারিত সময়ের আগেই ডেলিভারি করানোর সিদ্ধান্ত নেওয়া হয়।

যেদিন বৌদির অপারেশন হবে তার আগের দিন রাত থেকেই বৌদির শারিরীক অবস্থার অবনতি হতে থাকে। ডাক্তাররা ভোর বেলাতেই তাড়াতাড়ি

অপারেশনের ব্যবস্থা করেন। মেয়েটির জন্ম হওয়ার পরও বৌদির জ্ঞান ছিল ,গালে গাল লাগিয়ে তাকে আদরও করে বৌদি। কিন্তু তারপর হঠাৎ অজ্ঞান হয়ে যায় ,আর জ্ঞান আসেনি।

 ভাইয়ের কথা শেষ হওয়ার পর কিছুক্ষণ ঘরের ভিতর অদ্ভুত একটা নীরবতা ছিল। আমি আর কোনো কথাই বলতে পারছিলামনা। কিছুক্ষণ পর ভাই নীরবতা ভেঙে বললো -"দাদা এখন যাই ,একটু পরেই তো মেয়েটা চলে যাবে "। আমিও মাথা নাড়িয়ে সম্মতি জানালাম। আর মনে মনে নিজেকে প্রশ্ন করলাম ,আমি কেমন শিক্ষিত মানুষ?একটি সদ্যজাত শিশুকে তার মায়ের মৃত্যুর জন্য দায়ী করেছিল কিছু দূর সম্পর্কের আত্মীয়া ,আর আমি কিনা কোনো কিছু বিচার না করে সেটাই মেনে নিয়ে সেই ছোট্ট বাচ্চাটির থেকে পিতৃপরিচয়টাও কেড়ে নিলাম?আমার মতন কিছু শিক্ষিত লোকের অমানবিক কাজই আমাদের সমাজটাকে পিছনের দিকে ঠেলে দিচ্ছে।

 ঘর থেকে বেরোনোর সময় ভাই আমাকে বলেছিলো ,মেয়েটা চলে যাওয়ার আগে আশীর্বাদের সময় সেখানে উপস্থিত থেকে তাকে ও জামাইকে আশীর্বাদ করতে। কিন্তু আমি যে আজ তার সামনে আর

দাঁড়াতে পারবোনা। কোন অধিকারে আজ আমি ওদের আশীর্বাদ করবো?আমি তো আমার মেয়েকে সেই কবে ত্যাগ করেছি! আজ ওর প্রকৃত বাবা-মা ই ওকে প্রাণ ভরে আশীর্বাদ করুক।

বিকেল বেলায় নীচের ঘরে শঙ্খ ও উলুধ্বনি শুনতে পেলাম সঙ্গে কিছু চাপা কান্নার আওয়াজও। বুঝলাম, এখন আমার মেয়ে বাড়ি ছেড়ে চলে যাবে ,শ্বশুরবাড়িতে। সেখানেও যে তার জীবনে আরও কত ঝড় আসবে কে জানে!হে ঈশ্বর! যদি জীবনে কোনো ভালো কাজ করে থাকি,তাহলে তার সব ফল তুমি আমার মেয়ের ঝুলিতে ভরে দিও। সকল বিপদ - আপদ,সকল ষড়যন্ত্র ,সকল অসুখ-বিসুখ থেকে তুমি তাকে রক্ষা কোরো।মাথা উঁচু করে যেন সে সমাজ ও সংসারে বাঁচতে পারে ,তুমি তাকে দুইহাত দিয়ে আগলে রেখো। আমার চোখের কোণাতে জল চলে এলো। দোতলার ঝুলবারান্দার এক কোণায় গিয়ে দাঁড়িয়ে রইলাম। মেয়েটার সাথে হয়তো আর কোনোদিনই দেখা হবেনা। তার সামনে নাই বা গেলাম,দূর থেকে তো তাকে দেখি।

কান্নার আওয়াজ আস্তে আস্তে বাড়তে লাগলো। এবার মেয়ে-জামাই চলে যাচ্ছে। চারপাশে আত্মীয়-স্বজন- পরিচিতদের ভিড়। সকলের

মাথার ফাঁক দিয়ে উঁকি মেরে আমি যে শুধুই আমার মেয়েটাকেই দেখার চেষ্টা করছি। কিন্তু কেন যেন মনে হচ্ছিলো ,এত লোকজনের মধ্যে সেও কারোকে খুঁজছে। আস্তে আস্তে মেয়ে জামাই সুন্দর ফুল দিয়ে সাজানো গাড়িতে উঠে পড়লো। আমার মেয়ের চোখ যেন তখনও কারোকে খুঁজছে। হঠাৎ তার চোখ উপরের বারান্দায় পড়লো , অল্প সময়ের জন্য আমার দিকে তাকিয়েই সে চোখটা ফিরিয়ে নিল। আমার দুচোখ বেয়ে তখন জল পড়ছে। তার চোখের কোণা দিয়েও যেন একবিন্দু গড়িয়ে পড়লো। গাড়ি ছেড়ে দিলো-তাকিয়ে রইলাম যতদূর পর্যন্ত গাড়িটি দেখা যায়।

আমি বিশ্বনাথ। জীবনের আরও একটা অধ্যায় আমার সমাপ্ত হল। লিলির চিঠি সঙ্গে নিয়ে,বাড়ির সকলের কাছ থেকে বিদায় নিয়ে কলকাতায় চললাম। জীবন অনেক কিছু দেখাল ,শেখালোও বটে !আরও কত কি যে দেখাবে আর শেখাবে তা জীবনই জানে! আজ আর সেইসব নিয়ে কোনো চিন্তা করিনা। কোনোকিছু নিয়ন্ত্রণ করারও চেষ্টা করিনা। আজ বিশ্বাস করি,কোনো এক অজানা শক্তিই সবকিছু নিয়ন্ত্রণ করছে। জীবনের সুখ-দুঃখের নিয়ন্ত্রণও তো

তারই হাতে। সেই অজানা শক্তিস্বরূপ ঈশ্বরকে আমি বিশ্বাস করি। কাজেই, সকল চিন্তা,ভাবনা,বিচার তার উপরেই ন্যস্ত রইল।

9 798896 731023